*Bianca*

# TRAS EL OLVIDO
## MAYA BLAKE

Editado por Harlequin Ibérica.
Una división de HarperCollins Ibérica, S.A.
Núñez de Balboa, 56
28001 Madrid

© 2017 Maya Blake
© 2018 Harlequin Ibérica, una división de HarperCollins Ibérica, S.A.
Tras el olvido, n.º 2594 - 10.1.18
Título original: The Boss's Nine-Month Negotiation
Publicada originalmente por Mills & Boon®, Ltd., Londres.

I.S.B.N.: 978-84-9170-578-9
Depósito legal: M-31088-2017
Impresión en CPI (Barcelona)
Fecha impresion para Argentina: 9.7.18
Distribuidor exclusivo para España: LOGISTA
Distribuidores para México: CODIPLYRSA y Despacho Flores
Distribuidores para Argentina: Interior, DGP, S.A. Alvarado 2118.
Cap. Fed./Buenos Aires y Gran Buenos Aires, VACCARO HNOS.

# Prólogo

NO HABÍA cambiado nada en seis años.

A Emiliano Castillo casi le sorprendió haber pensado, por un instante, que las cosas iban a ser diferentes. Como si no hubiese sabido que en su familia se hacía todo a la antigua o no se hacía.

¿No era aquel empeño en aferrarse a las tradiciones uno de los motivos por los que él les había dado la espalda?

Mantuvo la mirada fija al frente, negándose a girar la cabeza hacia los pastos donde los preciados purasangres y potrillos de la familia solían estar. Y, no obstante, no pudo evitar darse cuenta, mientras su chófer lo llevaba hasta la casa familiar, de que todo estaba curiosamente vacío.

Intentó recuperar el control de sus pensamientos. No iba a dejarse llevar por la nostalgia durante aquella visita. De hecho, tenía planeado que su viaje a la finca Castillo, que estaba a las afueras de Córdoba, en Argentina, fuese tan breve como la convocatoria que le había hecho ir.

Solo había ido por respeto a Matías, su hermano mayor. Si este hubiese podido hablar, Emiliano se habría asegurado de que su hermano les hubiese dicho a sus padres, alto y claro, que él no iba a ir desde Londres.

Pero, por desgracia, Matías no podía hablar.

Y el motivo hizo que Emiliano apretase la mandíbula y que incluso se entristeciese. Por suerte no tuvo mucho tiempo para pensar en aquello, porque el coche enseguida se detuvo delante de la elegante casa en la que habían vivido varias generaciones de orgullosos e intratables Castillo.

Las puertas dobles de roble se abrieron mientras él bajaba del coche.

Emiliano se puso tenso, ya había olvidado que hacía años que ni su madre ni su padre se dignaban a abrir la puerta, sobre todo, teniendo servicio que pudiese hacerlo por ellos.

Subió las escaleras y saludó con un rápido gesto de cabeza al viejo mayordomo. No lo recordaba de otras ocasiones y aquello le supuso un alivio. Cuantos menos recuerdos, mejor.

–Si me acompaña, el señor y la señora Castillo lo están esperando en el salón.

Emiliano se permitió pasar rápidamente la mirada por las paredes de la casa en la que había crecido, por la robusta barandilla por la que se había deslizado de niño, el antiguo armario contra el que había chocado y que había hecho que se rompiese la clavícula.

Había podido hacer todo aquello porque no había sido el primogénito. Su tiempo había sido suyo, para hacer con él lo que quisiera, porque la única persona que había contado en aquella casa había sido Matías. Aunque Emiliano no se había dado cuenta realmente de lo que significaba aquello hasta que no había llegado a la adolescencia.

Se abrochó el botón de la chaqueta del traje, volvió al presente y siguió al mayordomo dentro del soleado salón.

Sus padres estaban sentados en dos sillones idénticos, dignos del mismísimo salón del trono del palacio de Versalles. Aunque no les hacía falta ninguna exhibición de riqueza para demostrar su éxito, Benito y Valentina Castillo rezumaban un orgullo casi regio.

En ese momento ambos lo miraron con altivez e indiferencia, expresiones a las que Emiliano estaba acostumbrado, pero en aquella ocasión vio en ellos algo más.

Nervios. Desesperación.

Apartó la idea de su mente, siguió andando y besó a su madre en ambas mejillas.

—Mamá, espero que estés bien.

Ella cambió de expresión solo un instante.

—Por supuesto, aunque estaría mejor si te hubieses molestado en contestar a nuestras llamadas desde el principio, pero, como de costumbre, has preferido hacer las cosas como te ha dado la gana.

Emiliano apretó los dientes y tuvo que contenerse para no contestar que habían sido ellos los que le habían enseñado a comportarse con aquel desapego. En vez de eso, saludó a su padre con una inclinación de cabeza que él le devolvió, y después se sentó en otro sillón.

—Ya estoy aquí. ¿Me vais a decir para qué me habéis hecho venir? —preguntó, y después rechazó la copa que le ofrecía el mayordomo.

Su padre hizo una mueca.

–Sí, siempre con prisas. Siempre. Supongo que tendrías que estar en algún otro lugar.

Emiliano exhaló lentamente.

–Lo cierto es que sí.

Además de tener una empresa que dirigir, tenía que dar su visto bueno a los preparativos del cumpleaños de Sienna Newman.

Su vicepresidenta de Adquisiciones.

Y su amante.

Pensar en la mujer cuyo intelecto lo mantenía alerta de día y de cuyo cuerpo disfrutaba de noche disipó los amargos recuerdos de su niñez. Al contrario que otras aventuras anteriores, Sienna no había sido fácil de conquistar, se había negado a dedicarle tiempo fuera de la sala de juntas durante meses hasta que, por fin, había accedido a cenar con él.

Todavía le sorprendía haber hecho tantos cambios en su vida para hacer un hueco en ella a su amante. Las pocas personas que lo conocían bien habrían dicho, y con razón, que aquel comportamiento no iba con él. Ni siquiera la cautela que sentía en ocasiones por parte de Sienna le hacía cuestionarse a sí mismo. No lo suficiente para perturbar el *statu quo*, al menos, por el momento. Aunque, como todo en la vida, tenía fecha de caducidad. Y era el tictac de aquel reloj lo que hacía que se impacientase todavía más y desease marcharse de aquel lugar.

Miró a sus padres con una ceja arqueada, en silencio. Hacía mucho tiempo que había aprendido que nada de lo que dijese o hiciese podría cambiar su actitud hacia él. Por eso se había marchado de casa y había dejado de intentarlo.

–¿Cuándo fue la última vez que fuiste a ver a tu hermano? –inquirió su madre.

Emiliano pensó en el estado de Matías, que estaba en coma en un hospital de Suiza, con pocos signos de actividad mental.

Contuvo la tristeza que quería invadirlo de repente y respondió:

–Dos semanas. He ido a verlo cada dos semanas desde que tuvo el accidente, hace cuatro meses.

Sus padres se miraron con gesto sorprendido y él contuvo las ganas de reírse.

–Si era eso lo que queríais saber, podríais haberme mandado un correo electrónico.

–No es eso, pero... nos reconforta saber que la familia sigue significando algo para ti, teniendo en cuenta que la abandonaste sin mirar atrás –declaró Benito.

A Emiliano se le erizó el vello de la nuca.

–¿Os reconforta? Supongo que en ese caso habría que celebrar que, por fin, he hecho algo bien, ¿no? Aunque será mejor que vayamos directos a hablar del motivo por el que me habéis hecho venir.

Benito tomó su vaso y clavó la vista en el contenido unos segundos antes de vaciarlo de un trago. Fue un gesto tan raro en su padre que Emiliano se quedó de piedra.

Lo vio dejar el vaso con un golpe, otra novedad. Benito lo miró con desaprobación, eso no era nuevo.

–Estamos arruinados. En la más absoluta indigencia. No tenemos nada.

–¿Disculpa?

–¿Quieres que te lo repita? ¿Por qué? ¿Te quieres recrear? –le preguntó su padre–. Muy bien. El negocio del polo, la cría de caballos, todo ha fracasado. La finca lleva tres años en números rojos, desde que Rodrigo Cabrera empezó a hacernos competencia en Córdoba. Nos dirigimos a él y nos compró la deuda, pero ahora nos reclama el préstamo. Si no pagamos antes de final de mes, nos echarán de nuestra casa.

Emiliano se dio cuenta de que tenía la mandíbula apretada con tanta fuerza que no podía empezar a hablar.

–¿Cómo es eso posible? Cabrera no sabe nada de criar caballos. Lo último que oí fue que estaba intentando meterse en el mercado inmobiliario. Además, Castillo es un referente en adiestramiento y cría de caballos en Sudamérica. ¿Cómo es posible que estéis al borde de la quiebra? –preguntó.

Su madre palideció y agarró con fuerza el pañuelo de encaje blanco que tenía en la mano.

–Cuidado con tu tono de voz, jovencito.

Emiliano tomó aire y se contuvo para no replicar.

–Explicadme cómo habéis podido llegar a esas circunstancias.

Su padre se encogió de hombros.

–Tú eres un hombre de negocios... sabes cómo son estas cosas. Un par de malas inversiones y...

Él sacudió la cabeza.

—Matías era... es... un hombre de negocios perspicaz. Jamás habría permitido que llegaseis a la bancarrota sin mitigar las pérdidas e intentar encontrar la manera de cambiar la fortuna del negocio. Al menos, me lo habría contado...

Sus padres volvieron a intercambiar miradas.

—Decidme la verdad. Supongo que me habéis hecho venir porque necesitáis mi ayuda, ¿no?

Su padre lo miró con orgullo un instante, después apartó la vista y asintió.

—Sí.

—En ese caso, contadme.

Todos guardaron silencio varios segundos y entonces su padre se puso en pie. Fue hasta un armario que había en la otra punta de la habitación, se sirvió otra copa y volvió a su sillón. Dejó el vaso, tomó una tableta en la que Emiliano no se había fijado hasta entonces y la encendió.

—Tu hermano dejó un mensaje para ti. Tal vez eso lo explique todo mejor.

Emiliano frunció el ceño.

—¿Un mensaje? ¿Cómo? Matías está en coma.

Valentina apretó los labios.

—No hace falta que nos lo recuerdes. Lo grabó antes de la operación, cuando los doctores le dieron un posible pronóstico.

Había dolor en su voz y tristeza en su mirada. Emiliano se preguntó, y no por primera vez en su vida, por qué nunca había sentido nada tan profundo por él.

Apartó aquello de su mente y se centró en el presente, en lo que podía controlar.

—De eso hace dos meses. ¿Por qué habéis esperado hasta ahora?

—Porque no habíamos pensado que fuese necesario que lo oyeras.

A punto de estallar, Emiliano se puso en pie. Se acercó hasta donde estaba su padre y le tendió la mano para que le diese la tableta.

Benito se la dio.

Al ver el rostro de su hermano congelado en la pantalla, con la cabeza vendada, los muebles de hospital, las máquinas, a Emiliano se le cortó la respiración. Matías era el único que nunca lo había rechazado por haber nacido el segundo. El apoyo de su hermano había sido el principal motivo por el que se había marchado de aquella casa, aunque en el fondo sabía que lo habría hecho de todos modos, incluso sin el aliento de su hermano.

Sintió que temblaba e intentó calmarse. Volvió a su sillón y le dio al *play*.

El mensaje duraba diez minutos.

Con cada segundo que iba pasando, con cada palabra de su hermano, Emiliano se iba sorprendiendo más. Cuando terminó, levantó la mirada y se dio cuenta de que las de sus padres ya eran menos indiferentes y más... turbadas.

—¿Es esto verdad? —inquirió.

—¿Lo has oído de labios de tu hermano y todavía dudas? —preguntó su padre.

—No dudo de lo que dice Matías, lo que no me

puedo creer es que te jugases millones que sabías que la empresa necesitaba.

Su padre golpeó la mesa con la mano.

—¡Es mi empresa!

—¡Y la iba a heredar Matías! O eso has estado diciéndole desde que nació, ¿no? ¿No es ese el motivo por el que se ha matado trabajando? ¿No has sido tú el que lo ha presionado para que te sucediese a toda costa?

—No soy ningún tirano. Lo que Matías hizo por Castillo, lo hizo por voluntad propia.

Emiliano contuvo de milagro una palabra malsonante.

—¿Y se lo pagas tirando los beneficios a sus espaldas?

—Se suponía que el acuerdo que hice con Cabrera era seguro.

—¿Seguro? Te dejaste engañar por un hombre que vio a la legua que eras una presa fácil.

Volvió a bajar la vista a la pantalla, incapaz de creer lo que Matías le había contado, que la empresa había quebrado, que se habían hecho falsas promesas, que toda la carga iba a recaer sobre sus hombros.

Su hermano le pedía en tono muy serio que no le fallase a la familia.

Aquella última súplica, más que nada, fue lo que impidió que Emiliano se levantase y saliese por la puerta. Aunque lo que Matías le pedía, que saldase la deuda que sus padres tenían con Rodrigo Cabrera, fuese tan absurdo que tuviese ganas de reírse a carcajadas.

Pero no se echó a reír porque la mirada de sus padres le confirmaba que todo lo que Matías le había contado era verdad.

–Entonces, ¿acordaste con Cabrera que Matías se casaría con su hija si las cosas iban mal y había que devolver la deuda? –preguntó con incredulidad–. ¿No sigue siendo una niña?

Acudió a su memoria el breve recuerdo de una niña con coletas que corría por el rancho cuando su familia iba a visitarlo. Matías, como de costumbre, había sido paciente y cariñoso con la pequeña Graciela Cabrera, pero Emiliano, que solo había podido soñar con escapar, casi no se acordaba de ella.

–Tiene veintitrés años –respondió su madre–. Sus padres tienen más de una cana debido a sus travesuras, pero ahora es más madura. Matías era su favorito, por supuesto, pero a ti también te recuerda con cariño...

–Me da igual cómo me recuerde. ¡Lo que no entiendo es que no os dierais cuenta de lo que estaba ocurriendo! ¡Se suponía que Cabrera era un amigo de la familia!

Por primera vez, su padre puso gesto de vergüenza, pero no le duró mucho.

–Estamos como estamos, Emiliano. Ahora tú eres el único que puede ayudarnos. Y no te molestes en sacar el talonario. Cabrera ha dejado claro que solo hay una solución. O te casas con Graciela Cabrera, o tu madre y yo lo perderemos todo.

# Capítulo 1

SIENNA Newman salió de la ducha, terminó de secarse y se soltó el moño que había recogido su melena morena todo el día. Pasó la mano por el espejo cubierto de vaho y no pudo evitar sonreírse a sí misma.

La hermana Margaret, del orfanato en el que Sienna había pasado casi toda la niñez, le había dicho con frecuencia que tenía muchas cosas por las que sentirse afortunada. Aunque la matriarca del orfanato no habría aprobado aquélla reacción puramente carnal de su cuerpo mientras se ponía en él una crema muy cara y pensaba en la velada que tenía por delante. Por suerte, la hermana M., como la habían llamado los niños, no estaba allí para ver aquella pequeña caída del estado de gracia. Porque Sienna tenía la sensación de que ni siquiera con los viejos ojos redondos de la mujer posados en ella habría podido contener la sonrisa.

Era el día de su veintiocho cumpleaños y había empezado de manera espectacular. Le habían mandado al trabajo cuatro ramos gigantes de calas y rosas blancas, sus flores favoritas, entre las nueve de la mañana y el mediodía, en todas las ocasiones acompañados de un impresionante regalo envuelto en papel de seda blanco y lazos de terciopelo negro. Lo único capaz de superar la impresionante belleza de la pulsera de diamantes que había llegado a las once había sido el conjunto de collar y pendientes de zafiros de las doce. No obstante, lo más especial de todos los regalos habían sido las notas manuscritas de Emiliano que habían acompañado a cada regalo. La letra era fuerte y dominante, como el hombre, sin florituras, pero las palabras de deseo y felicitación le habían llegado al alma.

La tarde había tomado un rumbo distinto, pero igualmente increíble, con exquisiteces culinarias que habían ido de los bombones al caviar, pasando por un único pastelito cubierto de un glaseado rosa y plateado sobre el que descansaba una vela encendida, para que la soplase y pidiese un deseo.

Y Sienna lo había pedido, por supuesto. Era un deseo que tenía desde hacía unos tres meses, cuando se había dado cuenta de que hacía casi un año que tenía una relación con un hombre que, hasta entonces, le había parecido inalcanzable.

El instinto de supervivencia desarrollado a causa de dolorosas experiencias anteriores le había hecho ignorar aquel deseo cada vez más acuciante, pero, con el paso de los días, había empezado a tener la esperanza de no ser rechazada en aquella ocasión.

Salió al dormitorio y su sonrisa menguó un ápice.

El único aspecto ligeramente negativo de aquel fantástico día había sido el tener que ser, una vez más, evasiva con sus compañeros de trabajo acerca de su vida amorosa.

La última vez que habían hablado de hacer pública su relación habían discutido.

Tras un acalorado tira y afloja sobre el tema, se habían retirado a la zona poco neutral del dormitorio, donde él le había expresado su enorme disgusto de manera muy apasionada.

Sienna se ruborizó al recordarlo, pero ya no pudo volver a sonreír.

Lo que también habría hecho que su cumpleaños fuese perfecto habría sido la presencia de Emiliano o, al menos, una llamada de teléfono.

Solo había recibido un correo electrónico deseándole feliz cumpleaños y una línea más en la que le decía que estaba ya subido en su avión, volviendo de Argentina. A ella le había alegrado saber que su viaje de cuatro días había tocado a su fin, pero también había ansiado oír su voz. Tanto que lo había llamado nada más llegar a casa, pero le había saltado el buzón de voz. Lo mismo que la mayoría de las veces que lo había llamado en los tres últimos días. Y la única vez que Emiliano le había respondido había sido brusco, monosilábico.

Intentó contener los nervios y se puso la ropa interior y el vestido que había tardado horas en comprar y que, finalmente, había encontrado en una pequeña tienda en el Soho. Era rojo, sin mangas, y le permitía lucir el ligero bronceado que había adquirido durante el fin de semana que habían pasado en St. Tropez. Se puso el collar y los pendientes nuevos, se peinó la melena, que le llegaba hasta los hombros, y se subió a unos tacones negros. Emiliano seguía siendo mucho más alto que ella incluso con tacones, pero una inyección de confianza siempre le venía bien.

Suspiró e intentó acallar a su vocecita interior que le decía que se lo habían arrancado todo en la vida, salvo su carrera. Y que lo siguiente que le quitarían sería lo que tenía con Emiliano. Se perfumó, tomó el bolso y el chal y fue hacia la puerta.

No quería estar nerviosa, pero no podía evitarlo. Saber que aquella noche se haría pública su relación la emocionaba y la asustaba al mismo tiempo. Le latía con tanta fuerza el corazón que estuvo a punto de no oír el mensaje que acababa de llegar a su teléfono.

Se quedó sin aliento al ver el nombre de Emiliano en la pantalla:

*Pequeño cambio de planes. Cenaremos en casa. Van a llevar la cena del restaurante. Dime si te parece bien. E.*

Sienna volvió a sonreír y respondió enseguida: *Perfecto. ¡Estoy deseando verte!*

Lo envió, vio que Emiliano lo estaba leyendo y esperó una respuesta que no llegó.

Tragó saliva, volvió a meter el teléfono en el bolso y salió del dormitorio.

El restaurante al que habrían ido estaba solo a tres kilómetros del ático que compartía con Emiliano en Knightsbridge. Y, si Emiliano había llamado a su cocinero favorito, la cena debía de estar ya de camino.

Recorrió el pasillo y entró en el salón donde, Alfie, su joven mayordomo, ya estaba poniendo la mesa.

Este levantó la vista al oírla entrar y sonrió.

–Buenas noches, señorita.

Ella le devolvió la sonrisa.

–Al parecer, Emiliano ya te ha contado el cambio de planes.

–Sí. Y también me ha dado la noche libre –respondió él–. Esperaré a que llegue la cena y después me marcharé.

Ella intentó no ruborizarse.

–Gracias.

Alfie asintió y siguió poniendo la mesa, y ella fue hacia la zona del salón, decorado con todo tipo de lujos, donde la chimenea estaba encendida porque hacía una noche de noviembre muy otoñal.

Sienna se acercó a ella, tomó la única fotografía que adornaba la repisa y miró el *selfie* que ella misma se había hecho con Emiliano tres meses antes. Había sido un extraño momento de locura, un momento especial. Después de haber pasado la mañana y la tarde haciendo el amor, habían salido a dar un paseo por el parque que había enfrente de casa y ella le había confesado con tristeza que no tenía recuerdos de una niñez pasada en acogida. Emiliano había insistido en que inmortalizasen aquel momento. Y, aunque no había mirado hacia la cámara, acostumbrado a huir de los paparazzi, sí que había posado para la instantánea. El resultado había sido una fotografía en la que Emiliano la miraba a ella y ella, a la cámara.

Él se había mostrado satisfecho con la foto, la había imprimido y enmarcado y la había puesto sobre la chimenea.

Sienna estudió el perfil del hombre que dominaba sus días y sus noches, del jefe que cambiaba las normas de la empresa, a pesar de sus protestas, para estar con ella. Le dio un vuelco el corazón solo de pensarlo.

Emiliano Castillo había hecho algo más que cambiar las normas de la empresa. Había instaurado algunas novedades durante los meses siguientes al inicio de su relación. Para empezar, no era un hombre que tuviese «relaciones». Mucho menos con una de las vicepresidentas de su empresa de capital de riesgo. Casi todas sus aventuras solo habían durado un par de meses. Tampoco había vivido nunca con sus amantes.

Aquellos eran los motivos por los que Sienna había empezado a pensar que lo suyo era algo más que una fuerte atracción física. Por eso había empezado a esperar más. Nunca habían hablado de formar una familia, sobre todo porque era un tema intocable para ambos.

Lo único que sabía Sienna era que la relación de Emiliano con sus padres era, como poco, tensa. Sí lo había visto destrozado cuando su hermano había sufrido un accidente de tráfico cuatro meses antes.

Y en cada viaje que lo había acompañado a visitarlo al hospital en el que Matías estaba ingresado en Suiza, en coma, había visto en él tristeza y dolor.

Su historia era muy diferente. Ella no tenía un pasado del que hablar, así que jamás lo hacía.

La desolación con la que había aprendido a vivir la invadía solo un segundo antes de que consiguiese controlarla. Era su cumpleaños. Era afortunada, tenía una fecha que celebrar. Aunque también había trabajado duro para tener su propia vida, y estaba decidida a no ser una víctima del rechazo y el sufrimiento.

Así que lo iba a celebrar.

Devolvió la fotografía a la repisa de la chimenea y oyó la puerta.

Se imaginó que sería Alfie, que había recibido la cena, y le dio un vuelco el corazón al ver entrar a Emiliano.

Se había marchado para dos días y al final había estado fuera seis. Sienna no se había dado cuenta de lo mucho que lo había echado de menos hasta que no lo vio dar las cajas con comida a Alfie y avanzar por el salón. Sus miradas se encontraron y Sienna se sintió feliz.

Era un hombre muy alto, moreno y guapo, y tenía algo más que hacía que todas las cabezas se girasen a su paso. Sin embargo, su rostro no era perfecto. Tenía una cicatriz en la mandíbula derecha, que se había hecho al caerse de un caballo en la adolescencia, y que le daba un aire peligroso. Las cejas eran oscuras, lo mismo que los ojos, y la boca generosa y sensual, esculpida para pasarse las noches haciéndole el amor.

Así que Sienna se quedó hipnotizada al verlo avanzar lentamente hacia ella. Emiliano se detuvo a varios pasos y entre ambos fluyó una corriente eléctrica. Entonces, la recorrió despacio con la mirada, de la cabeza a los pies.

Sienna se preparó para que llegase a su lado y la abrazase, pero no lo hizo.

—Feliz cumpleaños, querida. Estás exquisita –le dijo con voz profunda, pero seria.

Además, tenía las manos metidas en los bolsillos, en vez de alargarlas hacia ella para tocarla, como solía hacer cuando volvía de viaje.

—Gracias. Qué bien que hayas vuelto –le respondió Sienna, nerviosa, con la boca seca de repente.

Él bajó la vista un instante, luego ladeó la cabeza y la miró fijamente.

—¿Has tenido un buen día? –preguntó.

Aquello la hizo sonreír.

—Ha sido maravilloso, Emiliano. No sé cómo has podido planearlo todo sin que me enterase, pero me ha encantado. Gracias por esto –le dijo, tocándose el collar y los pendientes–. Aunque debería estar enfadada contigo, por obligarme a afrontar tantas preguntas.

—Estoy seguro de que has utilizado tu habitual diplomacia para negar mi existencia, a pesar de ser un secreto a voces –contestó él en tono ligeramente tenso.

Sienna contuvo la respiración. Aquel seguía

siendo un tema controvertido entre ambos, un tema del que tendrían que hablar pronto. Tal vez aquella noche...

—Yo nunca he negado tu existencia. Lo que he hecho es no alimentar las habladurías en el trabajo. Es muy diferente.

—Si tú lo dices.,,

Sienna se preguntó si el hecho de que ella negase su relación fuera de la intimidad del ático estaba causando más daños de los que había pensado.

Tomó aire y sonrió más.

—El día habría sido perfecto si hubieses estado aquí, sepa quien sepa lo nuestro.

—Lo siento, pero no me ha sido posible.

La respuesta, ligeramente críptica, no la sorprendió. Emiliano Castillo era un enigma, siempre. Y ella había aprendido que para ganarse su atención tenía que ponerse cara a cara con el amante y el jefe que era. Así era como había llamado su atención en la sala de juntas. Y el motivo por el que seguían teniendo tanta química en la cama. Una química que al principio la había sorprendido mucho y que seguía maravillándola. Y era la razón por la que no se apartó de la chimenea para acercarse a él a pesar de que aquello era lo que le pedía el cuerpo.

Se negó el placer y se quedó donde estaba, sintiendo la tensión que había entre ambos.

—No me has contado mucho. ¿Ha sido algo relacionado con Matías? –preguntó.

—En cierto modo, sí –respondió él.

—¿Está bien? ¿Ha habido alguna mejora...?

—Continúa igual —la interrumpió Emiliano antes de que terminase la pregunta.

Ella bajó la vista a su labio inferior. Emiliano respiró hondo, pero siguió con las manos en los bolsillos.

—Entonces, ¿te has pasado seis días en casa de tus padres?

Él volvió a apretar la mandíbula.

—Sí —respondió en tono gélido.

—Emiliano... ¿Está todo bien?

Él se acercó por fin y le tomó la mano. Bajó la vista a sus manos unidas y estuvo en silencio varios segundos antes de soltarla.

—No, no está todo bien, pero acabará solucionándose.

Sienna abrió la boca para seguir pidiéndole información, pero él le dio la espalda.

—Ven, se va a enfriar la cena.

Ella lo siguió hasta el comedor y se obligó a sonreír mientras Emiliano la ayudaba a sentarse. Anticipó una caricia en los hombros desnudos, un suave beso en la sien, pero no recibió ninguno de los dos actos.

Su gesto neutral, pero serio, la preocupó.

—Emiliano...

—No he pedido ostras. Me ha dado miedo que se estropeasen por el camino. Así que vamos a tomar tu segundo plato favorito.

—No te preocupes. La comida me da igual. Ya tomaremos ostras en otra ocasión —le respondió ella—. Dime qué está pasando.

Emiliano apretó los labios un instante y la miró con frialdad.

—No quiero estropearte la celebración, querida.

Sienna frunció el ceño.

—¿Por qué me la vas a estropear por contarme cómo ha ido tu viaje? ¿Qué ha pasado? —insistió.

Emiliano apartó la mirada y la clavó en la bandeja que tenía en la mano.

—Mis padres —contestó, levantando la vista—. Y dado que son uno de los temas de los que no hablamos, ¿por qué no lo dejamos estar?

El comentario le dolió un poco a Sienna, y aunque tuvo que admitir que Emiliano tenía razón, no pudo evitar sentirse nerviosa.

—¿Por qué no hacemos una excepción? Y, antes de que me arranques la cabeza, te diré que solo te pregunto porque veo que, sea lo que sea lo que ha ocurrido, te ha afectado, Emiliano.

—Eres muy amable, querida, pero ten cuidado. Hay cosas que, una vez dichas, no se pueden retirar. Además, me parece que estás exagerando un poco.

Le sirvió ensalada de marisco, se sirvió él también y llenó las copas de vino blanco frío.

—¿Te parece que estoy exagerando? —le preguntó ella—. Entonces, ¿por qué no me has dado un beso al llegar? Ni siquiera me has tocado. Y como aprietes más la mandíbula se te va a romper.

—Ya te he dicho que estás preciosa. Te he deseado feliz cumpleaños, te he cubierto de regalos todo el día. Y tal vez esté reservando el resto para

más tarde. Sé lo mucho que te gustan las sorpresas
—dijo él antes de dar un buen trago a su copa.

Sienna vio deseo en sus ojos y se le aceleró el
corazón, pero no pudo evitar seguir estando preocu-
pada.

—Seis días esperándote han sido suficientes. Tú
mismo me dijiste, cuando el mes pasado estuviste
dos días en Atenas, que solo un día separados era
demasiado.

—Ten cuidado, Sienna, o voy a pensar que te gusta
que haga esas declaraciones que, en circunstancias
normales, me haces creer que son excesivas.

Ella se ruborizó, pero no bajó la mirada.

—Como he dicho, tal vez hoy quiera hacer una
excepción.

Él se encogió de hombros casi... aburrido.

—No es necesario. He tenido un viaje largo y tur-
bulento. Lo que quiero es relajarme y verte saciada
con la cena. ¿Acaso es mucho pedir?

Su tono de voz advirtió a Sienna que dejase de
presionarlo.

Ella sacudió la cabeza, todavía más convencida
de que algo iba mal, muy mal.

—Sea lo que sea lo que te preocupa... quiero ayudarte —le contestó, dejando la copa para tocar su
mano.

Él se puso tenso, bajó la vista a las manos.

Y entonces quitó la suya de debajo de la de
Sienna.

A Sienna se le detuvo el corazón, se le ocurrió
algo distinto.

–¿Emiliano? ¿Soy yo?

–Sienna, déjalo estar...

–¿Te has enfadado conmigo por haber cerrado el acuerdo con Younger sin ti?

–¿Qué?

–Me diste carta blanca, ¿recuerdas? Dijiste que ofreciese lo que fuese necesario para cerrar el trato. Y eso es lo que hice. Sé que han sido cinco millones más de lo que habíamos hablado al principio, pero hice números y me pareció que merecía la pena.

Él frunció el ceño y se aflojó la corbata.

–Santo cielo, no todo gira en torno al trabajo –le contestó–. Estate tranquila, no estoy enfadado contigo por eso. De no ser por tu rapidez a la hora de pensar y de actuar, habríamos perdido el negocio. De hecho, le pedí a Denise que te enviase un correo electrónico felicitándote por ello.

Sienna había visto el mensaje de su secretaria, y había vuelto a preguntarse por qué no le había escrito Emiliano directamente.

–De acuerdo, pero...

–¿Quieres que te alabe más? ¿Más flores? ¿Más regalos? ¿Es eso?

–¿Qué has dicho? –inquirió Sienna, dolida y enfadada.

Emiliano vació su copa y la dejó en la mesa con más fuerza de la necesaria. Se puso en pie y rodeó la mesa, pero no consiguió acobardarla.

Sienna lo imitó.

–¿Acabas de llamarme caprichosa?

–¿Estoy equivocado? Ahora que estamos a solas, que tu reputación no corre ningún peligro, ¿qué más necesitas de mí? ¿No te das cuenta de que llevas pidiendo desde que he entrado por la puerta? –la acusó.

–No tergiverses mis palabras. Solo quiero hablar contigo, saber qué...

–Pues yo no quiero hablar, querida. Normalmente te das cuenta enseguida y lo respetas. ¿Tanto te ha afectado mi ausencia, o hay algo más?

La miró fijamente mientras Sienna guardaba silencio.

–Veo que hay algo más. ¿Tengo tres intentos? O voy directo al grano y adivino que vas a plantearme la conversación que todas las mujeres necesitan plantear en los momentos más inadecuados. ¿Me vas a preguntar hacia dónde va nuestra relación?

–Le estás dando la vuelta a la conversación, Emiliano. Estábamos hablando de ti.

–Pues yo ya te he dicho que no quiero hablar. Ahora, ¿quieres que continuemos discutiendo, o cenamos?

Sienna levantó la barbilla.

–He perdido el apetito.

–¿De comida? ¿O de todo en general? –inquirió Emiliano, mirándola con deseo.

–¿Por qué estás tan enfadado conmigo? –susurró Sienna.

La expresión de Emiliano fue enigmática por un instante.

–Tal vez esté cansado de que me tengas solo para y cuando tú quieres.

–¿Qué? Yo nunca...

Él apoyó un dedo en sus labios.

–Quiero terminar con esto ya. Así que te lo voy a volver a preguntar: ¿De qué has perdido el apetito?

El deseo, el ansia, la ira y el dolor la estrangularon a partes iguales. Con solo unas palabras, Emiliano la había reducido a una mujer necesitada, la había convertido en lo único que había jurado que no volvería a ser jamás.

En una mujer dependiente.

Habían tenido desacuerdos en otras ocasiones, pero ninguno como aquel. Sienna se sentía más dolida que nunca, pero según fueron pasando los segundos creció en ella otra emoción diferente, que le era familiar, sobrecogedora, demoledora.

Empezó a temblar de la cabeza a los pies. Él vio su reacción y su gesto fue triunfante. Esperó.

–Emiliano...

–¿Sí, Sienna? –susurró contra sus labios, jugando con la cercanía.

–Está pasando algo. No me hagas creer que soy yo la que exagera, o que estoy loca. Por favor, dime...

–Basta. Sabes que hay temas que es mejor no tocar. De hecho, eres una experta en zanjar conversaciones. Así que no permitas que esta noche sea el momento en el que cambies de cantinela, querida.

Sienna lo miró a los ojos, vio deseo en ellos, sí, pero había algo más.

–¿Quién eres? ¿Por qué me hablas así?

–Eres tú la que insiste en hablar y hablar –le espetó él.

–¿No quieres que hable? ¡Bien!

Lo agarró de la corbata y le deshizo el nudo, tiró de ella y la hizo volar por encima de la mesa. Después atacó la camisa. Los botones salieron despedidos cual minúsculos misiles por la habitación. El deseo la volvía loca, irracional.

Tragó saliva al ver el pecho bronceado y musculoso de Emiliano y gimió, no pudo evitarlo.

Emiliano tomó aire cuando ella agarró su cinturón.

–Querida...

–¡No! Si yo no puedo hablar, tú tampoco –insistió Sienna, probablemente por miedo a que hablar le hiciese pensar en lo que estaba haciendo, en la posible razón del comportamiento de Emiliano.

Sabía que lo que hacía no estaba bien, pero no podía evitarlo. No en esos momentos. No después de haber sentido, una hora antes, que se comía el mundo.

Sus dedos recobraron la fuerza. Tiró del cinturón y lo hizo caer al suelo. Rozó con los dedos la poderosa erección que había debajo de los pantalones y sintió que Emiliano temblaba.

–Dios mío, Sienna... –murmuró, excitado.

–Salvo que vayas a decirme que no me deseas –respondió ella, quitándose los zapatos y alargando las manos hacia la cremallera del vestido.

Se la bajó y vio cómo Emiliano se ruborizaba del deseo.

Lo vio separar los labios y respirar con dificultad mientras el vestido se soltaba y se quedaba sujeto solo a sus pechos.

Sienna dejó de sentirse valiente, volvió a sentirse frágil, desesperada.

¿Qué demonios estaba haciendo?

Bajó las manos y retrocedió un paso, luego otro. Emiliano la siguió como un depredador hambriento.

Así, envueltos en un baile erótico, salieron del salón. De camino al dormitorio el vestido se bajó del todo y Emiliano se tambaleó y juró entre dientes. En cualquier otra ocasión, Sienna habría sonreído con malicia, pero no lo hizo.

–¿Estoy loca, Emiliano? –insistió a pesar de que una parte de ella la alentaba a estar callada.

Pasaron varios segundos, la espalda de Sienna tocó la puerta de la habitación, abriéndola. Él miró hacia donde estaba la enorme cama que llevaban seis meses compartiendo. La miró con deseo y con pesar. Sienna no supo si era por la discusión que habían tenido o por algo más. Aunque, desgraciadamente, seguía teniendo la sensación de que era por algo más.

# Capítulo 2

NO, NO estás loca.

A pesar del dolor que le causó aquella información, Sienna pensó que Emiliano todavía la deseaba. No era aquello lo que ella quería de él, pero la idea la tranquilizó un poco. Por el momento.

Ya hablarían al día siguiente, tras haber aplacado otras necesidades más inmediatas y urgentes. Aunque fuese contra su naturaleza dejar un problema sin resolver, no iba a seguir pidiéndole respuestas esa noche.

Con aquello en mente, se terminó de quitar el vestido y lo dejó caer al suelo un segundo antes de que Emiliano la levantase del suelo, ya vestida solo con un tanga y las joyas, para ayudarla a salir de él. Luego la dejó de nuevo y bajó las manos. Sienna vio cómo cerraba los puños un instante, antes de decirle:

—Ven aquí, Sienna.

Ella aceptó la invitación sin dudarlo, se metió entre sus brazos.

Emiliano la apretó contra su cuerpo, enredó las manos en su pelo y la sujetó con fuerza. La miró con deseo, pero Sienna volvió a ver algo más en su mirada, algo que hizo que se le encogiese el corazón.

–Emiliano...

Él la apretó contra su cuerpo todavía más.

–Toma de mí lo que necesites, mi pequeña gata salvaje –susurró él contra sus labios.

Ella gimió, se puso de puntillas, lo abrazó por el cuello y lo besó apasionadamente. Cerró los ojos para saborear mejor lo que tanto había echado de menos, lo que tan desesperadamente había necesitado durante los últimos seis días. Todos sus sentidos cobraron vida cuando él la abrazó todavía con más fuerza.

Sus lenguas se entrelazaron y se devoraron, el beso se hizo más profundo, ambos respiraron con dificultad y Emiliano la hizo retroceder hasta la cama.

Cuando intentó apartarse un poco para terminar de desnudarse, Sienna se lo impidió, no podía dejarlo marchar.

Él se tumbó en la cama sin soltarla, sin dejar de besarla, y entre beso y beso se quitó los zapatos y los pantalones. Después la ropa interior y a Sienna se le cortó la respiración al notar su erección en el muslo.

Lo acarició con urgencia. Ambos gimieron. ¡Cuánto había deseado aquello!

–¡Te he echado mucho de menos! –admitió, confesando por una vez sus sentimientos.

Él se excitó todavía más y Sienna esperó que le contestase con alguna de sus frases cargadas de erotismo.

Pero guardó silencio mientras la acariciaba fervientemente.

Pasó la lengua por su piel, probando sus pezones, chupándoselos, jugando con ellos, consiguiendo que Sienna dejase de pensar. Le quitó el tanga y se posicionó allí, donde ella más lo necesitaba, para darle todavía más placer.

Sienna hundió los dedos en su pelo, gritó con más fuerza, sintiendo cómo aumentaba el placer en su interior. Hasta que llegó por fin al éxtasis.

Seguía flotando cuando Emiliano le separó más los muslos y llenó todos sus sentidos con su presencia. Sienna abrió los ojos y miró a aquel dios cuyo intelecto y carisma la maravillaban, cuyas caricias la hacían volar.

La mirada de Emiliano era todavía más seria que unos minutos atrás, pero antes de que a Sienna le diese tiempo a expresar lo que pensaba, él la besó y la penetró al mismo tiempo.

Ella volvió directa al paraíso. Le clavó las uñas, gritó. Emiliano la llevó al límite una y otra vez, aminorando el ritmo cada vez que veía que Sienna estaba a punto de llegar al clímax. Era como si quisiese que aquello durase eternamente. Como si quisiera grabarse para siempre en su alma.

Como si quisiera que aquella experiencia fuese inolvidable.

¿Por qué?

Sienna volvió a hacerse la pregunta. Tomó el rostro de Emiliano y buscó sus ojos.

—Emiliano... por favor... –susurró.

Su barbilla se volvió de piedra bajo las manos de Sienna. Gruñó y salió de su cuerpo, la tumbó boca abajo y volvió a penetrarla. Le apartó el pelo de la nuca y clavó los dientes en ella, probándola, marcándola. Sienna se estremeció del placer y sintió que volvía a llegar al orgasmo.

A sus espaldas, oyó la respiración acelerada de Emiliano, notó que llegaba al clímax también. Quiso abrazarlo, mirarlo a los ojos y que le asegurase que todo estaba bien entre ambos. Todo lo bien que era posible.

Porque, aunque le doliese oírselo decir a Emiliano, sabía que su relación tenía defectos insalvables. Defectos que se hacían más grandes con el paso de cada segundo. Defectos de los que ella necesitaba hablar.

Pero Emiliano la tenía atrapada, disfrutando de una sensación que no quería que terminase jamás. Así que cerró los ojos y se dejó llevar.

Varios minutos más tarde, cuando sus cuerpos ya se habían enfriado y sus respiraciones se habían calmado, Emiliano se apartó de ella y la abrazó.

Hundió los dedos en su pelo de manera más brusca de lo habitual y la miró a los ojos.

–Feliz cumpleaños.

Ella dudó un instante, se preguntó si debía retomar su resolución.

–Emiliano...

–Te queda estupendamente –dijo él, pasando la mano por la piel que había justo debajo del collar de zafiros.

«Mañana», decidió ella una vez más.

–Gracias –murmuró.

Él le dio un beso en los labios hinchados.

–Ahora, duerme –le ordenó.

Y Sienna tuvo que obedecer.

De repente, se incorporó con el corazón acelerado. Emiliano dormía a su lado, con un brazo doblado sobre la cabeza. Ella lo observó con el corazón encogido, intentando descifrar lo que ocurría. Dormido, su belleza era igual de intimidante, pero más relajada. Sienna lo miró e incluso se atrevió a llevar un dedo a su labio inferior y a acariciarlo. Él respiró hondo y Sienna apartó la mano y se volvió a tumbar en la cama, sabiendo que no podría volver a dormirse.

Media hora después, se rindió y se levantó de la cama. Eran las cinco y media de la madrugada, noviembre, y todavía no había amanecido. Sabía que a Emiliano no le gustaría que saliese a correr sin él siendo todavía de noche. De hecho, le había prohibido que saliese a correr sin él, pero Sienna necesitaba hacer ejercicio si no quería despertarlo y pedirle explicaciones.

Sin hacer ningún ruido, se puso la ropa de deporte en el amplio vestidor que había junto al dormitorio, salió del ático y bajó al sótano, donde había un exclusivo gimnasio reservado a los dueños de la última planta. Se colocó los auriculares y empezó a correr en la cinta, donde pasó una hora antes de que sus piernas empezasen a estar cansadas.

Cuando se bajó de la máquina tenía claro lo que iba a hacer. Emiliano la valoraba profesionalmente porque no le daban miedo las negociaciones duras. Así era como se había convertido en vicepresidenta de su empresa en solo tres años.

A pesar de que su falta de experiencia sexual la había hecho sentirse inferior, nunca se había dejado acobardar por Emiliano. También era lo suficientemente valiente para admitir que sus nuevas y secretas emociones estaban influyendo en la situación que se había desencadenado entre ambos. Aquel era el motivo por el que necesitaba abordarla cuanto antes.

Dejó el sótano por las escaleras. Recogería los periódicos y las revistas que les llevaban a casa para que así no los interrumpiese el conserje.

Llegó a la planta baja y se acercó al mostrador. Saludó, tomó la prensa y fue hasta el ascensor. El otro secreto que llevaba varias semanas ocultando la animó un poco mientras tocaba el botón.

No le había contado a Emiliano que había empezado a aprender español porque quería ser capaz de hablarlo antes de decírselo, pero ya devoraba periódicos y revistas en español en su tiempo libre con la esperanza de aprender la lengua materna de su amante, y se interesaba por todo lo que tenía que ver con Argentina.

Por desgracia, aquel fue el motivo por el que el titular de la revista del corazón que tenía en la mano la hizo tambalearse mientras salía del ascensor. Se le cayó el alma a los pies. Estudió la fotografía, después volvió a leer el titular.

Anunciaba una unión entre las familias Castillo y Cabrera.

El resto de periódicos se le cayó de la mano y su mirada bajó a la letra pequeña.

Emiliano Castillo iba a casarse con Graciela Cabrera.

También había otras palabras:

*La boda del año. Unión dinástica. Boda el Día de San Valentín.*

Pero a Sienna se le nubló la vista, no podía respirar. Iba a desmayarse. Estaba segura. No podía seguir mirando la fotografía de Emiliano con aquella espectacular rubia que estaba sentada frente a él a una mesa adornada con velas, con una mano encima de la suya, sonriéndole.

Emiliano también la miraba.

Sin sonreír. Emiliano nunca sonreía en presencia de una cámara. Casi siempre la fulminaba con la mirada. Aunque en esos momentos la expresión de su rostro era... de cariño.

Sienna se obligó a respirar. Sintió que todo su mundo se derrumbaba, pasó las páginas de la revista en las que salían Emiliano y su nuevo amor. Al llegar a la quinta, los ojos se le llenaron de lágrimas al ver el anillo que, desde el dedo de Graciela, anunciaba su compromiso con Emiliano Castillo.

Se le detuvo el corazón al ver que él llevaba puesta una corbata que le había regalado ella por su cumpleaños, dos meses antes, y que Emiliano había metido en la maleta exactamente una semana antes, cuando ella le había despedido con un beso en los labios. Sienna sabía que, en ocasiones, la prensa rosa sacaba fotografías antiguas y manipulaba imágenes, pero la corbata le confirmaba que aquellas fotos no eran falsas.

Entendió por fin lo ocurrido la noche anterior, el silencio de los últimos días.

Entró en casa sin recoger los periódicos que se habían caído al suelo, sintiéndose aturdida.

Llegó sin saber cómo a la puerta de la habitación, llevó una mano temblorosa al pomo y se aferró a él para intentar recuperar el control. Tenía que enfrentarse a aquello, fuese cual fuese el resultado.

Tenía que hacerlo.

Sintió que tiraban de la puerta desde dentro, haciéndola perder el poco control que había conseguido alcanzar. Emiliano estaba delante de ella, con el ceño fruncido.

—Sienna, ¿qué haces ahí...?

Ella lo miró fijamente. Lo tenía justo delante. Poderoso. Magnéticamente carismático. Muy guapo.

«Bastardo».

No quería mirarlo. Le dolía incluso mirarlo a los ojos. Porque hasta en esos momentos quería, desesperadamente, pensar que estaba equivocada. Quería que todo fuese fruto de su imaginación: las fotografías de la revista que llevaba en la mano, el hecho de que Emiliano no le hubiese escrito, su expresión fría nada más volver, que le hubiese hecho el amor en silencio.

Pero lo miró a los ojos y supo que se estaba aferrando a falsas esperanzas.

–¿Es verdad? –preguntó de todos modos.

–¿El qué?

Aquello la enfadó.

–No juegues conmigo, Emiliano. Eso no va con...

Había estado a punto de articular la palabra «nosotros», pero ya no había ningún «nosotros». ¿Lo había habido alguna vez? Sienna intentó recordar, analizó gestos, palabras, se preguntó si todo lo que había vivido, disfrutado y soñado durante su relación había estado basado en una enorme mentira.

–¡Esto! –le espetó, plantándole la revista en el torso–. ¿Es verdad que estás prometido?

Se quitó los auriculares y los dejó junto con el MP4 en la cómoda que había al lado, luego se giró y vio a Emiliano hojeando la revista antes de tirarla a un lado.

La miró a los ojos con arrogancia, sin arrepentimiento.

–Sí.

Por un instante más, Sienna había querido pensar que estaba equivocada, pero en esos momentos se sintió sin aliento, con las rodillas temblorosas. Sacudió la cabeza y esperó a que Emiliano se explicase. No lo hizo. Se limitó a mirarla con expresión neutral.

–¿Sí? ¿Eso es todo lo que me vas a decir?

Él puso los brazos en jarras.

–Ahora mismo no estás en condiciones de escuchar nada más...

–¿En serio? ¿Y qué esperas que haga? ¿Continúo con el día hasta que tú estimes que estoy en condiciones? –inquirió ella con incredulidad, con la voz ronca y temblorosa.

–Preferiría tener esta conversación cuando no estés tan alterada –replicó él mientras empezaba a abrocharse la camisa azul marino que llevaba puesta.

Sienna respiró hondo para tranquilizarse como hacía en el trabajo, pero aquello no era trabajo. Aquello era mucho más.

–Me debes una explicación. Ahora mismo. ¿O eres demasiado cobarde para dármela?

Él se quedó inmóvil y la miró a los ojos.

–Ten cuidado con tu tono de voz, querida –le advirtió.

–¡No me llames así! Me acabas de decir que vas a casarte con otra mujer. ¿Y te atreves a llamarme «querida»?

Él puso gesto de sorpresa, como si no entendiese la objeción de Sienna, pero le duró solo un instante. Entonces volvió el mismo extraño que había llegado al ático doce horas antes.

Sienna lo fulminó con sus ojos verdes.

–¿La has estado viendo a mis espaldas?

Él frunció el ceño mientras se abrochaba el último botón.

–No. Yo no engaño.

–¿No? ¿Y qué fue lo de anoche? ¿No la has engañado a ella conmigo?

–Tú eres mi amante. Y ella lo sabe y entiende que es un tema del que me tengo que ocupar.

–Qué amable por su parte. Entonces, ¿es eso lo que hiciste anoche? ¿Ocuparte de mí antes de dejarme?

Él se echó hacia atrás, como si le hubiese dado una bofetada.

–Sienna, tienes que calmarte.

–¿No has podido resistirte a un último revolcón antes de ordenarme que me fuera?

Aquello pareció incomodarlo.

–Era tu cumpleaños...

Ella se sintió dolida, no podía más, así que se puso a andar de un lado a otro.

–Qué detalle por tu parte. No podías decepcionar a tu pobre y patética amante, casi examante, en el día de su cumpleaños, así que has preferido que se enterase por la prensa de lo que estabas tramando.

–¡Basta! No era así como pretendía darte la noticia.

–¡Qué lástima!

Emiliano se apretó el puente de la nariz con dos dedos y respiró hondo.

–Ahora tengo que irme al despacho, tengo una videoconferencia con Noruega que ya he pospuesto dos veces, pero luego hablaremos. ¿Qué te parece esta noche? No me importa que te tomes el día libre para poder asimilar la noticia. Y esta noche hablaremos tranquilamente.

–¿De que fuiste a ver a tus padres y has vuelto comprometido?

Él apretó la mandíbula.

–Entre otras cosas, sí.

Ella se obligó a parar. A enfrentarse a él.

–De acuerdo, vamos a hablar. Supongo que podrás dedicarme cinco minutos de tu tiempo ahora.

–No pienso que...

–¡Yo sí!

Emiliano respiró hondo, la miró.

–Sienna, no tenía que haber ocurrido así.

–¿El qué? Habla claro, por favor, para que te entienda.

Él arqueó una ceja, como si la estuviese viendo de repente de manera distinta. Sienna no quiso saber cómo la veía.

–Tu reacción casi me hace pensar que tu carrera no te importa más que esto que hay entre nosotros, mientras que, si yo te pidiese que escogieses una de las dos cosas, estoy seguro de que te quedarías con la primera.

Ella respiró hondo.

–Para empezar, si en alguna ocasión nos encontrásemos en esa situación, tendríamos un serio problema, en especial, porque sé a cuántas mujeres con familia tienes en tu junta directiva. Lo que me hace pensar que es una especie de prueba. ¿Y para qué me ibas a hacer ese tipo de prueba, Emiliano?

Él se encogió de hombros.

–Tal vez no me guste sentirme segundo plato. O tal vez esté aburrido de ello.

Ella dejó escapar una carcajada.

–¿Segundo plato? ¿Desde cuándo te conformas tú con eso? ¡Si eres siempre el primero en todo!

–Ahí te equivocas –respondió él, haciendo una mueca.

–Bien. Quizás no nos conozcamos tan bien como deberíamos, pero el hecho de que no me des ninguna opción lo dice todo.

Él se pasó una mano por el pelo.

–Iba a dártela... No era así como... Tengo que hacerlo.

–¿Tienes que hacerlo? –preguntó ella.

–Sí, he dado mi palabra.

–¿Tu palabra? ¿A quién?

Emiliano resopló con frustración.

–Es un asunto familiar. No sé mucho de tus circunstancias familiares, porque nunca me cuentas nada, así que te perdonaré si no lo comprendes.

–¿Cómo te atreves? –inquirió ella, dolida–. Tú tampoco has querido hablarme de tu pasado. No me castigues por haber pensado que estaba respetando tus deseos. Además, sean cuales sean mis circunstancias, no puedes dar por hecho que no voy a entender el concepto de familia.

Como era huérfana, Sienna siempre había anhelado tener su propia familia y era un sueño que no pretendía abandonar.

Emiliano apretó los labios.

–Me has entendido mal.

–Al parecer, he entendido mal muchas cosas. Como que se te ha olvidado contarme que ibas a casarte con ella.

–No es así. Yo tampoco lo sabía.

–Entonces, ¿qué es esto? –preguntó ella, señalando la revista–. No insultes a mi inteligencia. La conoces, es evidente, así que tiene que haber algo entre vosotros.

–Nuestras familias están... relacionadas. La conozco desde que era niña.

–¿Y necesitaban una boda y tú has accedido? –preguntó Sienna en tono burlón, riéndose.

Dejó de reírse al ver que Emiliano asentía.

–Sí, algo así.

–Lo dices en serio.

Él no parpadeó.

–Lo digo en serio.

Sienna separó los labios, pero no habló, sacudió la cabeza porque estaba aturdida.

–Si quieres que nuestra... aventura continúe, estoy dispuesto a discutir contigo la manera... –dijo él al ver que seguía callada.

Aquello la enfureció.

–¡No pretenderás que sea tu amante mientras estás casado con otra!

–No pongas en mis labios palabras que yo no he dicho, por favor.

–De acuerdo, te escucho –respondió ella, cruzándose de brazos.

Él empezó a hablar, sacudiendo la cabeza.

–Tal vez lo que más haya que valorar en este caso sea la discreción. Hablaré con mis abogados esta misma mañana. Puedes quedarte con el ático y con todo lo que hay en él. Y con uno de los coches, elige el que más te guste. Y, si quieres algo más, házmelo saber, intentaré complacerte...

–¿Me estás hablando de propiedades, Emiliano? Yo lo que quiero saber es cómo es que vas a casarte con otra mujer, ¡si se supone que eres mío! –acabó gritándole, furiosa.

Y, con cada palabra que ella le gritó, él se fue volviendo más frío, como un bloque de mármol. Tomó unos gemelos y se los puso con toda tranquilidad.

–Pensé que podríamos... negociar, pero es evidente que estaba equivocado.

–¿Negociar? ¿Se puede saber de qué estás hablando?

–Ya no importa. No he tomado la decisión a la ligera, Sienna, pero ya está hecho. Y no va a poder cambiar en un futuro inmediato. Es evidente que diseccionarla no te va a ayudar ahora mismo. Tal vez nunca.

–¿Y entonces? ¿Me dejas sin más, sin tan siquiera una explicación?

Él la miró fijamente durante unos segundos.

–Lo queramos admitir o no, ambos somos conscientes de que lo que había entre nosotros se iba a terminar antes o después. Tal vez sea mejor cuanto antes.

Emiliano tomó su chaqueta y salió por la puerta.

# Capítulo 3

LAS SIGUIENTES horas pasaron en un estado de aturdimiento aunque, por desgracia, Sienna no estaba lo suficientemente aturdida como para no darse cuenta de lo que estaba ocurriendo.

Llamó a Emiliano con voz ronca, pero él dejó el ático en silencio. Hizo una llamada y se le quebró la voz al pedirle a su secretaria que retrasase todos sus compromisos.

Alfie la miró con preocupación cuando rechazó el desayuno y le pidió cajas. Y ella sintió que se moría mientras guardaba todas sus pertenencias en cajas y maletas y reservaba habitación en un hotel.

Y después lloró. Lloró amargamente mientras se duchaba en la fría habitación de hotel y se odió por no ser más fuerte, por haber albergado falsas esperanzas sin ningún fundamento. Aunque mientras se secaba y se vestía también sintió ira. Y determinación.

A pesar de haber hecho todo lo posible por protegerse, había tenido esperanza, como de niña, cuando había mirado por la ventana del orfanato soñando con algo mejor. Después había aprendido que si quería algo mejor tendría que conseguirlo por sí misma. Se había permitido olvidar su historia, dejarse llevar. Se había permitido soñar y fantasear con un hombre que le había dejado claro desde el principio que jamás sentaría la cabeza.

Pero lo había hecho.

Al fin y al cabo, un compromiso era el paso anterior a una boda.

Y no la había elegido a ella. Lo mismo que su madre, que había preferido vivir otra vida, sin ella.

Intentó hacerse fuerte frente al dolor que la invadía al pensar en aquello, pero no pudo. Recordó lo duro que había sido crecer en el orfanato, las veces que se le había roto el corazón cuando una familia de acogida la había rechazado o, todavía peor, le había prometido que sería su familia para después echarse atrás varias semanas o meses después.

A esas alturas tenía que haberse acostumbrado al rechazo. Tenía que haber tenido la armadura bien puesta.

Siguió pensando en lo idiota que había sido mientras salía del hotel y tomaba un taxi para ir al lugar en el que había logrado sentirse orgullosa de sí misma, y que en esos momentos era el escenario de su derrota.

Mientras entraba al impresionante edificio de cristal y mármol en el que estaba la sede de la empresa, Sienna se dio cuenta de que, a pesar de sus esfuerzos por mantener su vida privada bajo control, todo el mundo la miraba como burlándose de las malas decisiones que había tomado.

La mirada furtiva de su secretaria y su tono mucho más bajo de lo normal hizo que Sienna supiese que su farsa había fracasado.

¿O sería que la noticia del compromiso de Emiliano se había hecho pública? Por supuesto. Castillo Ventures era una empresa progresista, pero en la que también se hablaba mucho de los demás. Sienna estaba segura de que, en esos momentos, las quinientas personas que trabajaban allí ya sabían la verdad, aunque nadie le diría nada a la cara debido a su reputación.

Volvió a sentir dolor mientras entraba en su despacho y cerraba la puerta. Con piernas temblorosas, se acercó al escritorio y se dejó caer tras él. Encendió el ordenador, escribió una carta breve y concisa y la envió.

Ignoró los pitidos que le informaban de la llegada de nuevos mensajes y tomó un cuaderno y un bolígrafo y lo dejó delante de ella en el escritorio, dispuesta a empezar a planear su futuro. Porque, desde que tenía memoria, tener un plan la había ayudado siempre a centrarse. Solo había abandonado su plan cuando un atractivo y dinámico argentino se había encaprichado de ella y la había hecho imaginar que él era su futuro.

Era el momento de cambiar de plan.

Oyó sonar el teléfono, pero no respondió. Empezó a hacer la lista de cosas pendientes, empezando por encontrar un lugar donde vivir.

Diez minutos después llamaban a la puerta y entraba su secretaria. Al ver que no hablaba, Sienna levantó la vista y vio tensión en el rostro de Laura.

–¿Sí, qué ocurre?

–Esto... el señor Castillo quiere verte.

A Sienna se le aceleró el corazón, pero consiguió esbozar una sonrisa tensa.

–Dile que estoy ocupada. Tengo trabajo.

–Ha dicho que dejes lo que estés haciendo y que vayas a su despacho inmediatamente.

–Dile...

–Lo siento, Sienna –la interrumpió su secretaria–. Sé que no querías que te molestase, pero lleva cinco minutos sin dejar de llamarte. Y quiere que vayas a su despacho. Ha dicho que me hará responsable si no vas inmediatamente.

Sienna se sintió furiosa, se puso en pie mientras el teléfono volvía a sonar. No le hizo falta mirar quién era.

–De acuerdo, Laura. Yo me encargaré de esto.

Su secretaria todavía no había cerrado la puerta cuando Sienna descolgó el teléfono.

–Te agradecería que no amenazases a mi secretaria.

–Trabaja para mí. Si no querías ponerla en esa situación, podías haber respondido antes.

–¿Qué quiere, señor Castillo? –preguntó ella, intentando mantener la calma.

Al otro lado del teléfono, Emiliano tardó varios segundos en responder.

–Que vengas a mi despacho. Ahora.

–Yo...

–No estás tan ocupada como dices. Te has olvidado de que tengo acceso a tu agenda. Ven ahora mismo, Sienna. O iré yo allí. En mi despacho tendremos más intimidad, pero vamos a hablar cara a cara de cualquier manera. Tú eliges dónde. Tienes tres minutos.

Colgó.

Ella colgó también, con manos temblorosas. Todavía estaba enfadada, pero la idea de volver a verlo tan pronto despertó en su interior otra emoción, dolor por la pérdida de algo que nunca había tenido.

Oyó murmullos de camino al ascensor. Por un instante, deseó haber aceptado la oferta que Emiliano le había hecho dos meses antes de mudarse a la planta treinta, la misma en la que estaba su despacho. Aunque tuvo que admitir que, dada la situación, habría sido todavía peor.

Se dirigió al despacho de Emiliano, donde no encontró a su asistente personal, así que abrió la puerta directamente.

Estaba sentado frente a su escritorio de vidrio ahumado, con las vistas del corazón financiero de Londres a sus espaldas. Se había quitado la chaqueta del caro traje, o tal vez no se la hubiese puesto. Tenía la corbata aflojada y el primer botón de la camisa desabrochado, estaba despeinado, como si se hubiese pasado la mano por el pelo varias veces.

No estaba impecable, como era costumbre en él, pero, no obstante, seguía siendo impresionante. A Sienna le afectó verlo, sobre todo, cuando levantó la cabeza y clavó aquellos ojos dorados en ella.

Sienna se detuvo a cierta distancia del escritorio, prefería no entrar en su órbita, no respirar su olor.

–Querías verme. Aquí estoy.

Él la recorrió de arriba abajo con la mirada.

–¿Por qué vas de negro? Ya sabes que lo odio.

Ella se negó a recordar anteriores discusiones acerca de su ropa. La mayoría habían tenido lugar en el vestidor que habían compartido, ambos medio desnudos.

–No me habrás hecho venir para hablar de mi vestimenta en el trabajo. Eso sería una colosal pérdida de tiempo para los dos.

–Te he pedido que vinieras para hablar de esto –le dijo él, señalando la pantalla de su ordenador, con la mandíbula apretada–. ¿Qué significa?

–Si te refieres a mi carta de dimisión, yo diría que su significado es evidente.

–Teniendo en cuenta tu dedicación al trabajo, esto ha sido una reacción en caliente que no tardarás en lamentar. Estoy dispuesto a pasarla por alto si tú lo haces también.

–No, gracias.

Él puso gesto de sorpresa.

–¿Cómo?

Sienna respiró antes de responder.

–No voy a debatir del tema contigo. Afortunadamente, mi trabajo, así como mi manera de vestir, ya no son temas sobre los que puedas opinar. La copia que te he enviado por correo electrónico no estaba firmada. Esto lo hará oficial.

Dejó la carta de dimisión firmada encima del escritorio y volvió a retroceder al centro de la habitación.

Él se tomó el tiempo de estudiar su rostro detenidamente antes de tomar el papel. Lo miró y lo volvió a dejar sobre la mesa.

–No la acepto.

–No tiene elección, señor Castillo –respondió ella en tono frío.

–Olvidas que tengo que aprobar esta ridícula dimisión «con efecto inmediato». Y darte referencias para un futuro puesto de trabajo.

–Si piensas que pretendo inclinarme ante ti para que me des unas buenas referencias, olvídalo. Llevan seis meses ofreciéndome otros puestos de trabajo.

Él echó la cabeza hacia atrás y apretó los labios con desprecio.

–¿Has estado tanteando a otras empresas a mis espaldas?

Sienna dejó escapar una carcajada.

–Por favor, vamos a evitar lanzar acusaciones acerca de lo ocurrido a espaldas del otro.

–Sabes que puedo ponerte las cosas difíciles –la amenazó Emiliano.

Ella se obligó a mirarlo con desdén.

–¿Con qué fin? Sé de varias empresas que me contratarían solo porque les has arrebatado varios acuerdos delante de sus narices.

Él bajó la mirada y apoyó ambas manos encima de la mesa. Sienna se preparó para otro ataque.

–El tiempo de preaviso para alguien con un puesto como el tuyo es de seis semanas, ¿o es que se te ha olvidado esa cláusula del contrato? Puedo obligarte a quedarte por ley.

–¿Me vas a hacer quedarme para que sea el centro de todos los murmullos y de las habladurías durante la comida? –le preguntó ella.

–Eso solo te afectará si tú lo permites –le dijo Emiliano, mirándola a los ojos–. Yo sigo pensando que lo que ocurra entre nosotros es solo asunto nuestro.

Sienna ya había oído antes aquellas palabras, susurradas contra sus labios en aquel mismo despacho, antes de un beso que la había hecho sentirse feliz. En esos momentos, las mismas palabras le dolieron.

–Te equivocas. Para empezar, no hay ningún «nosotros». Estoy empezando a pensar que nunca lo ha habido. Para continuar, tú has hecho que todo el mundo hable de ello al salir en la portada de una revista anunciando tu compromiso con otra mujer.

–¡Yo no he tenido nada que ver con la publicación de esa noticia! ¡Son cosas que pasan! –exclamó él, poniéndose en pie y acercándose a ella.

Sienna retrocedió varios pasos.

–Seguro que ocurren, en tu mundo. Yo no quiero formar parte de él. Me marcho. Dime quién me va a sustituir, me quedaré el resto de la semana para ponerlo al corriente de mis proyectos. Me debes dos meses de vacaciones. Si insistes en que cumpla con el preaviso, me los tomaré.

–No funciona así.

–Lo siento. Denúnciame si quieres, pero con respecto a eso y a todo lo demás que no esté directamente relacionado con el trabajo, tú y yo ya no tenemos nada más que decirnos, señor Castillo.

–¡Deja de llamarme así! –exclamó él mientras se pasaba la mano por el pelo.

–No volveré a llamarte por tu nombre –susurró ella, furiosa–. Y, si insistes en prolongar esta farsa, me obligarás a llamarte de otras maneras.

Emiliano se metió los puños en los bolsillos.

–¿De verdad vas a tirar tu carrera por la borda?

–Es muy arrogante por tu parte pensar que solo voy a tener éxito contigo –respondió ella.

Él se acercó lentamente.

–¿Piensas que cualquier otro puede ofrecerte lo que tengo yo, querida? ¿Que van a estimularte como lo hago yo?

Ella se recordó que tenía que mantenerse alejada de aquel hombre. Que no podía permitir que la humillase.

–No es usted único, señor Castillo. No se preocupe por mí, estaré bien. De hecho, estoy deseando enfrentarme al reto. Ahora, si hemos terminado, aceptaré su oferta de tomarme el día libre. Tengo que buscar casa.

–¿Te vas a marchar del ático? –preguntó él.

–Me he marchado, en pasado.

–¿Por qué? Ya he arreglado todos los papeles, Sienna. Es tuyo.

–No, gracias. No quiero nada tuyo.

Aquello no era del todo cierto, pero él le había dejado claro que jamás podría tener lo que quería.

La mirada de Emiliano se oscureció.

–¿Estás segura, querida? Después no podrás echarte atrás.

–Al cien por cien –respondió ella entre dientes.

–Vete entonces. Olvídame, si puedes –la retó él.

Sienna se dio la vuelta y, con la mano en el pomo de la puerta, le dijo lo que necesitaba decir.

–Te olvidaré. Con mucho gusto.


No había muchos lugares del mundo a los que Sienna pudiese ir sin recordar a Emiliano, pero lo intentó y compró, para una semana después, un billete de avión para viajar a Sudamérica.

El Camino Inca hasta el Machu Pichu sirvió el doble propósito de ser un lugar en el que no había estado con Emiliano y cansarla lo suficiente para caer rendida en su tienda por las noches.

Pero en cuanto aterrizó en Heathrow cuatro semanas después y encendió el teléfono, este se llenó de mensajes y correos electrónicos. Sienna se obligó a ignorarlos mientras se subía a un taxi y recitaba la lista de cosas pendientes por hacer.

Deshacer la maleta e instalarse en su nuevo piso.

Encontrar trabajo.

Encontrar la manera de dejar de echar de menos al hombre que con tanta crueldad la había rechazado.

Se dijo que tenía el resto de la vida para hacer esto último. Por suerte, el trayecto en taxi hasta su nuevo hogar, en Chelsea, fue corto. A Sienna no le avergonzaba admitir que había decidido vivir en la otra punta de donde estaba el ático de Emiliano. Incluso había pensado en marcharse de Londres, pero eso habría significado que Emiliano había ganado. Y a ella todavía le quedaba orgullo.

Un orgullo que se tambaleó cuando entró en su piso de dos dormitorios y vio que sus únicas pertenencias estaban guardadas en siete cajas pequeñas y tres maletas. Nunca se había sentido tan desarraigada como en esos momentos.

Enfadada, se limpió las lágrimas y se puso a trabajar. Dos horas después había encargado muebles nuevos y había vaciado las cajas, así que empezó a leer los correos electrónicos.

Lo único relacionado con Emiliano eran los correos de su departamento de recursos humanos. La indemnización era la correcta, ni un penique más. Sienna había insistido en ello. En cuanto firmase un par de documentos más, estaría oficialmente libre de Emiliano Castillo.

Se le encogió el corazón al pensarlo y ella intentó ignorar la sensación. Leyó las ofertas de empleo que le había enviado un cazatalentos. Iba a responder a una que le parecía algo interesante cuando sonó su teléfono móvil.

Miró la pantalla y sintió decepción, pero respondió.

–Has vuelto. ¡Menos mal! Mi teléfono no ha dejado de sonar con ofertas. Tengo... seis fondos de cobertura que se mueren por hablar contigo.

David Hunter era el cazatalentos que llevaba un año haciéndole ofertas para que dejase Castillo Ventures, un hombre incansable y encantador. Se había reunido brevemente con él antes de marcharse de vacaciones y ya había detectado un cierto interés en su mirada. Su voz cariñosa la reconfortó en esos instantes, aunque Sienna no tuviese ningún interés en él.

—Genial —respondió con poco entusiasmo.

Él se echó a reír.

—¿Por qué no lo intentas otra vez, con más emoción?

Sienna esbozó una sonrisa y se dijo que aquello ya era todo un avance.

—Lo siento, estoy con el jet lag.

No era del todo mentira. Entre el viaje de doce horas y lo que había trabajado en el piso nuevo, estaba sin energías.

—No te lo tendré en cuenta si cenas conmigo mañana para que hablemos de las ofertas —respondió él.

—No sé, David. ¿Puedo darte una respuesta después?

Él tardó unos segundos en responder.

—De acuerdo, pero quiero que sepas que vas a poder elegir tu próximo puesto de trabajo, Sienna. Todo el mundo te quiere. Castillo es el líder de mercado, por supuesto, pero hay otras oportunidades interesantes ahí afuera. Aunque no van a estar disponibles eternamente y no quiero que se te escapen.

A ella se le volvió a encoger el corazón al oír mencionar a Castillo y eso la enfadó.

—De acuerdo, quedemos a cenar mañana.

—Estupendo. ¿Tienes alguna preferencia?

Sienna se lo pensó solo un instante antes de

nombrar su restaurante favorito. También tenía que dejar de relacionar aquel lugar con Emiliano.

–De acuerdo, ¿te paso a recoger a las siete?

–No, no hace falta. Nos veremos allí.

La respuesta de David siguió siendo entusiasta, aunque Sienna oyó en ella una nota de decepción. Tras colgar el teléfono, se preparó un té y una tostada, y después se dio la primera ducha en la casa nueva y se metió en la cama.

Doce horas después se despertó descansada, aunque se sintió rara porque no estaba acostumbrada a no tener nada que hacer en mitad de la semana. Así que se vistió, salió de casa y tomó el metro hasta King's Road. Compró un par de cosas para la casa, un ramo de flores y un vestido nuevo.

Odiaba que toda su ropa le recordase a Emiliano, pero no podía tirarlo todo y comprarlo nuevo, aquello habría sido demasiado. El vestido verde esmeralda nuevo era elegante y profesional al mismo tiempo. Lo combinó con unos zapatos de tacón negros, pendientes de perlas negras y una pulsera a juego. Se pintó los labios de rojo y salió a la calle a esperar un taxi.

Zarcosta era un restaurante con una estrella Michelín, especializado en cocina europea y sabores mediterráneos. El dueño, Marco Zarcosta, era un hombre efusivo y temperamental, que o adoraba a sus clientes o los odiaba nada más verlos. Sienna había tenido la suerte de formar parte del primer grupo y fue recibida con un abrazo y dos besos nada más llegar.

—Lo siento mucho, *cara* —le murmuró el italiano al oído—, pero Marco está aquí cuando lo necesites, ¿eh?

Ella asintió y se obligó a sonreír mientras se preguntaba si había hecho bien yendo allí, pero entonces vio a David poniéndose en pie y acercándose a ella.

Tenía el pelo rubio, los ojos grises, brillantes, y una sonrisa encantadora, de no haber ido vestido de traje, cualquiera habría podido confundirlo con un surfista. La miró con interés y sonrió todavía más.

—Me alegro de que hayas venido. Te veo fantástica.

—Gracias.

A Sienna no la sorprendió que la agarrase del codo y la besase también en ambas mejillas, como había hecho Marco.

Lo que sí la sorprendió fue el escalofrío que la invadió al recorrer la sala con la mirada de camino a su mesa y descubrir que Emiliano la observaba con mirada gélida.

# Capítulo 4

TROPEZÓ.
Y se odió a sí misma por ello, pero sonrió cuando David la agarró.

–Eh, ¿estás bien?

–Por supuesto, ¿por qué no iba a estarlo? –replicó ella en tono mucho más agresivo de lo que había pretendido.

David la miró con sorpresa y después sonrió.

–Lo siento si ayer me puse un poco pesado –le dijo mientras la ayudaba a sentarse–, pero conseguirte un nuevo puesto me vendría estupendamente.

Ella se rio de manera un poco forzada, nerviosa y pendiente del hombre que había al otro lado del comedor, que no dejaba de mirarla.

–Bueno, la verdad es que necesito trabajo, así que vamos a ver qué hay disponible.

–Excelente, pero primero vamos a pedir vino. ¿O prefieres champán? Tal vez tengamos algo que celebrar al final de la noche, o eso espero. No pensarás que me estoy precipitando, ¿no?

–En absoluto. Adelante –respondió ella con falso entusiasmo.

David sonrió de oreja a oreja, por suerte, no era

consciente de cómo se sentía Sienna. El camarero se acercó a la mesa y él pidió las bebidas y Sienna, su comida favorita.

En cuanto se quedaron a solas, David empezó a contarle cuáles eran las ofertas de trabajo.

Ella escuchó, asintió, e incluso consiguió hacer un par de preguntas pertinentes.

«¿Piensas que cualquier otro puede ofrecerte lo que tengo yo, querida?», recordó con claridad que le había preguntado Emiliano. Volvió a mirarlo. Él seguía teniendo la vista clavada en ella, fría y arrogante. Estaba acompañado por un hombre y una mujer, habló con ellos, pero no apartó los ojos de ella.

Sienna sintió calor. Después, frío. Y calor otra vez. Era como si su cuerpo no supiese cómo reaccionar, dadas las circunstancias.

Sintió unos dedos cálidos en el dorso de la mano.

—Eh, ¿sigues aquí?

Ella se sobresaltó, bajó la vista a la mano de David, que estaba apoyada en la suya. Y después, sin saber por qué, volvió a mirar a Emiliano.

Su rostro se había puesto todavía más tenso, tenía la mandíbula apretada y la mirada, gélida.

Sienna quiso echarse a reír, pero no pudo. Así que miró a David y sonrió.

—Sigo aquí. Cuéntame más acerca de Chrysallis. Creo que es una buena oportunidad.

Llegaron los entrantes y comió sin apetito mientras David disfrutaba de la comida.

Cuando se llevaron los platos, Sienna pensó que

necesitaba un descanso del inquietante escrutinio de Emiliano, así que dejó la servilleta encima de la mesa y tomó su bolso.

–¿Me perdonas un minuto? Tengo que ir al baño.

–Por supuesto.

David se levantó inmediatamente y rodeó la mesa para apartarle la silla. Entonces, se acercó a ella y le susurró:

–Sé que es incómodo tener a tu antiguo jefe tan cerca mientras hablamos de tu próximo trabajo. Lo siento.

Ella se giró a mirarlo, sorprendida, y vio que David la miraba con comprensión.

–No es culpa tuya, pero gracias por entenderlo.

Él asintió y se apartó para dejarla pasar.

Sienna estuvo cinco minutos intentando recuperar la compostura en el baño, yendo de un lado a otro y mojándose las muñecas bajo el grifo de agua fría, después se retocó el pintalabios, se dijo que había pasado por cosas peores, porque que, con once años, cuatro familias de acogida la hubiesen rechazado en un mismo año había sido mucho más duro, y salió del cuarto de baño.

Para encontrarse con que Emiliano la estaba esperando en el pasillo.

Su mirada no había cambiado. De hecho, parecía todavía más enfadado, como un volcán a punto de erupcionar y destruirlo todo a su paso.

Sienna se recordó a sí misma que lo suyo se había terminado y apartó la mirada de él para continuar andando, pero Emiliano la agarró por la muñeca.

–¿Qué quieres, jugar? ¿Vas a fingir que no existo?

–Para mí no existes –le respondió–. Tú mismo me retaste a olvidarte, ¿recuerdas? Y eso es lo que estoy haciendo.

–¿Trayendo a otro hombre aquí en la primera cita?

–¿Por qué iba a dejar de venir aquí? La comida es deliciosa, el ambiente estupendo y la compañía, sublime. ¿Y qué te hace pensar que es la primera cita?

–¿Cuántas veces has salido con él?

Ella suspiró.

–No es asunto tuyo.

Él abrió la boca y volvió a cerrarla al ver que tres mujeres pasaban a su lado. La agarró de la muñeca y la hizo salir por una puerta que llevaba a la calle, a la parte de atrás del restaurante.

–¿Cuántas?

Sienna se recordó que Emiliano la había rechazado, lo mismo que su madre y que muchas familias de acogida. Se dijo que no le debía nada, pero que iba a darle una respuesta.

–Es nuestra tercera cita –le mintió, mirándolo a los ojos.

Sabía que Emiliano recordaba perfectamente que la primera vez que habían hecho el amor había sido en su tercera cita. Lo vio quedarse inmóvil.

–¿La tercera cita? –repitió.

Ella levantó la barbilla, pero al mismo tiempo se estremeció.

Emiliano se quitó la chaqueta, como había hecho tantas veces en el pasado cuando había sentido que Sienna tenía frío. Había empezado a llover.

Ella retrocedió para evitar que se la pusiese por los hombros.

–No, gracias.

Emiliano apretó los dientes y volvió a ponerse la chaqueta con el ceño fruncido.

–¿De verdad es la tercera cita? –inquirió.

–Sí. Y está yendo muy bien. He pedido ostras y te sugiero que las pruebes. Marco se ha superado a sí mismo esta noche.

–¿Quién es ese hombre para el que te estás comiendo las ostras, Sienna?

Ella se encogió de hombros.

–Es un tipo que puede saber, o no, lo que significa tener una tercera cita conmigo. Es divertido, encantador e inteligente, y tenemos muchas cosas en común, así que yo diría que...

Emiliano juró entre dientes y la agarró por los brazos para apretarla contra la pared. Cualquiera que lo hubiese visto habría pensado que era un gesto violento, pero en realidad era un movimiento muy practicado que no hacía ningún daño a Sienna. En otras circunstancias, ella habría levantado una pierna para abrazar a Emiliano por la cintura, pero aquello era parte del pasado.

–No vas a acostarte con él –le advirtió Emiliano, furioso.

Ella se echó a reír.

–¿Se te ha olvidado cómo reacciono cuando me dan una orden?

El rostro de Emiliano se tensó todavía más.

—Salvo que hayas quedado con él a mis espaldas, casi no lo conoces. Podría ser...

—¿El qué? ¿Un tipo que después de un año teniendo relaciones conmigo vaya a dejarme por su prometida?

Él bajó la mirada, pero solo un instante.

—Las cosas no son lo que parecen. Ya te dije por qué lo hacía...

—Suéltame y ve a terminar tu reunión. Y, después, a casa con tu prometida. No sé qué pretendías esperándome a la salida del baño, ambos sabemos que no soy una persona débil. Me hiciste daño, pero ya ves que me he recuperado. He seguido con mi vida.

Apoyó las manos en su pecho y lo empujó. Él tardó unos segundos en apartarse. Sienna deseó que no lo hubiese hecho y se maldijo por ello.

Se apartó de la pared y se secó las manos húmedas en el vestido. Cuando levantó la cabeza, Emiliano la estaba mirando con sorna.

—He pensado muchas cosas de ti, pero jamás que pudieses llegar a ser tan ladina.

—¿Qué has dicho?

—¿No me irás a negar que has montado todo esto por mí?

—Eres un cretino. Lo que vas a pensar de mí esta noche, cuando llegues a casa y te pongas una copa de tu coñac favorito, es en lo mucho que me enseñaste en la cama cuando estuvimos juntos. Y en lo mucho que voy a disfrutar compartiéndolo con David.

–¡Cállate! –le espetó él, agarrándola de nuevo de los brazos–. ¿Quieres hacerme reaccionar? ¡Pues lo has conseguido!

La besó apasionada, furiosamente, haciendo que se olvidase de todo en un instante y que le devolviese el beso con un gemido.

Emiliano se apretó contra ella, estaba excitado, y Sienna no pudo evitar frotarse contra su cuerpo.

Entonces, él se apartó.

–Ahora, vete con ese hombre y explícale que he sido yo el que te ha excitado, el que ha hecho que te brillen los ojos y que tengas los labios hinchados. Dile que podía haberte hecho mía aquí mismo si hubiese querido. Y, si después de eso todavía quiere estar contigo, tú verás si sigues pensando que es tan encantador e inteligente.

–Eres... eres repugnante. ¡Te odio! –le gritó Sienna.

–No me odias. Te odias a ti misma porque tu jueguecito se ha vuelto contra ti.

Sienna notó que se le llenaban los ojos de lágrimas. Intentó contenerlas apretando los labios. No fue capaz de hablar por un instante.

–Tienes razón, no te odio. Me das pena. Pero tampoco me odio a mí misma por intentar continuar con mi vida. Hagas lo que hagas, no me lo vas a impedir. Y tú puedes hacer lo mismo, continuar con tu vida, o intentar acorralarme en callejones sin salida. Digas lo que digas, hagas lo que hagas, no vas a conseguir nada de mí.

–A juzgar por cómo me has besado, yo no estaría tan seguro.

–Lo que siento ahora mismo es vergüenza. Vas a casarte con otra mujer, pero me has besado a mí, ¿es que no tienes ni un poco de decencia?

Emiliano sacudió la cabeza.

–Sienna, no va a ser así...

–¡Déjame! –replicó ella, echando a andar.

–Vuelve aquí. No hemos terminado de hablar.

Ella bajó unas escaleras rápidamente y echó a correr por la calle.

–¡Para! –le gritó él–. ¡Espera!

Y Sienna corrió todavía más, notó que las lágrimas la cegaban. Giró la esquina y chocó contra algo. Resbaló y se dio cuenta de que perdía el equilibrio. Se vio caer contra el suelo y sintió un intenso dolor en la cabeza.

Unas manos la giraron en el suelo, la abrazaron. Y, por un instante, vio unos ojos dorados mirándola con preocupación. Volvió a sentir un fuerte dolor.

Y después... nada.

# Capítulo 5

**S**EÑORITA Newman? ¿Sienna?

Ella giró ligeramente la cabeza hacia la voz, pero mantuvo los ojos cerrados. El esfuerzo era demasiado.

–¿Umm...?

–No intente hablar, señorita Newman. Poco a poco. Abra los ojos cuando esté preparada.

¿Señorita Newman? ¿Había alguien más en la habitación? ¿A quién le hablaba la voz? Prefería que no fuera a ella para no tener que responder. Giró la cabeza hacia el lado opuesto. No quería hablar. Quería volver a aquel abismo sin dolor, donde no había voces que murmurasen.

–Tenemos que tomar tus constantes vitales, para ver cómo estás. Has estado fuera un tiempo.

¿Fuera? ¿Dónde?

Sienna intentó mover la cabeza otra vez, sintió algo en la frente que se lo impedía. Llevaba puesto una especie de gorro. Levantó la mano para tocárselo.

–Es el vendaje. Me temo que tendrás que llevarlo una temporada –le dijo una amable voz de mujer–. ¿Puedes abrir los ojos? El médico necesita examinarte.

El médico. Estaba en un hospital, pero... ¿por qué?

Bajó la mano a su estómago y abrió los ojos con cuidado, la luz la cegó.

—Enfermera, apague la luz, por favor.

La luz se atenuó. Sienna abrió los ojos un poco más.

Dos rostros la miraban. El médico llevaba gafas y tenía los ojos oscuros, inteligentes. El rostro de la enfermera era más amable, maternal.

Sonrió más, como si el hecho de que la paciente abriese los ojos fuese un triunfo personal.

—Soy el doctor Stephens y esta, la enfermera Abby. ¿Me puede decir la última cosa que recuerda, señorita Newman?

Ella miró al médico. Parpadeó y miró a su alrededor para asegurarse de que le hablaba a ella.

No podía ser.

Porque ella no era la señorita Newman. Ni se llamaba Sienna.

Se llamaba...

Sacudió la cabeza e intentó hacer funcionar su cerebro.

—Yo...

Le dolió la garganta. Se llevó la mano a ella y se masajeó la piel. Entonces vio la aguja que llevaba clavada en la vena. Se estudió la mano y vio varias marcas en ella, aquello la asustó.

—Yo... ¿Cuánto tiempo...?

El médico escribió algo antes de sacar una linterna.

—Ha estado inconsciente durante algo más de dos semanas. Lleva una venda en la cabeza porque tuvimos que reducir el derrame cerebral.

–¿Una operación?

–Sí –respondió él, apuntando con su linterna primero a un ojo de Sienna, después al otro, antes de retroceder–. ¿Qué es lo último que recuerda?

Varias imágenes pasaron por su cabeza. Sienna sacudió la cabeza otra vez, intentó concentrarse y quedarse al menos con una de ellas, pero no fue capaz.

Vio que el médico y la enfermera se miraban.

–Por favor... –empezó.

La enfermera le acercó un vaso de agua con una pajita. Ella bebió, agradecida, sintiendo que se aliviaba el dolor.

–¿Qué...? ¿Qué me ha pasado? –preguntó–. ¿Dónde estoy?

–Está en North Haven –respondió el médico–. Es una clínica privada a las afueras de Londres. Y, con respecto a lo ocurrido, resbaló delante de un restaurante y se golpeó la cabeza con tanta fuerza que sufrió un derrame cerebral. ¿No se acuerda?

–No.

–¿Recuerda haber ido al restaurante? –volvió a preguntar él–. Tengo entendido que se llama Zarcosta.

Sienna negó con la cabeza e intentó contener el pánico.

–No... no me acuerdo.

El médico se quedó en silencio durante casi un minuto, mirándola con preocupación.

–Señorita Newman, ¿puede decirme su fecha de nacimiento?

Ella buscó en su mente desesperadamente, pero no encontró nada.

–No –susurró–. ¿Me llamo... Sienna? ¿Sienna Newman?

El doctor Stephens asintió muy serio.

–Sí. ¿Sabe a qué se dedica? ¿O dónde vive?

–¡No sé nada! –respondió ella, notando que se le llenaban los ojos de lágrimas–. ¿Por qué no me acuerdo?

–Todavía no puedo darle una respuesta. Tendremos que hacerle algunas pruebas –le respondió él, esbozando una sonrisa–. Intente no preocuparse. Pronto sabremos qué ocurre.

Se giró y habló con la enfermera utilizando una jerga médica que Sienna no fue capaz de descifrar.

Ella se miró las manos, que le temblaban. De hecho, todo su cuerpo estaba temblando. Se sentía confundida, tenía miedo.

La enfermera Abby le dio una palmadita en la mano.

–Te haremos todas las pruebas que necesitas y empezaremos a partir de ahí, ¿de acuerdo?

Sienna asintió porque no podía hacer mucho más y luego vio cómo la enfermera salía de la habitación. Entonces se obligó a calmarse y a buscar en su cabeza otra vez. Hasta que se puso a llorar y se sintió agotada.

Un rato después volvió la enfermera con dos personas más. Le sacaron sangre y le tomaron las constantes vitales antes de meterla en una máquina para hacerle una resonancia magnética.

Luego la volvieron a llevar a la habitación, donde

se durmió. Cuando se despertó era de noche. Una luz tenue inundaba la habitación y alguien había depositado un ramo de calas y rosas blancas en la mesa que había al otro lado de la habitación.

Todavía le dolía la cabeza, pero estaba empezando a acostumbrarse a la sensación. Y podía recordar la conversación que había mantenido con el equipo médico.

Aunque sabía que sentir pánico no la ayudaría, no pudo evitar que el miedo le encogiese el corazón.

Le habían tenido que operar un derrame cerebral y ya no se acordaba ni de su nombre.

La enfermera Abby entró en la habitación.

–¿He tenido... visitas? ¿Ha venido mi familia?

La enfermera la miró de reojo.

–No tenemos información acerca de ningún familiar, pero sí que ha venido a verte tu... tu amigo. Ahora vendrá.

–¿Mi amigo? –repitió Sienna, esperanzada.

–Sí. Dice que estaba contigo la noche del accidente. Y te ha enviado un ramo como ese todos los días –le explicó la enfermera con cierta envidia.

Sienna, el nombre le seguía resultando extraño, miró hacia las flores. Eran sus favoritas. No entendía cómo podía saberlo, pero lo sabía. Eso la tranquilizó un poco, pero no lo suficiente. Intentó recordar más, pero no fue capaz.

–Mi amigo... ¿Cómo se llama? –preguntó.

–Se llama... ¡Ah! ¡Aquí está! Vienen muchas personas conocidas a la clínica, pero ninguna llega en helicóptero –comentó emocionada la enfermera.

Sienna no entendió por qué tanta emoción, pero oyó aterrizar un helicóptero.

E intentó asimilar la noticia de que tenía un amigo que tenía un helicóptero.

La enfermera se apartó de la ventana y se metió la mano en el bolsillo, del que sacó una tableta en miniatura.

—Ha llegado en el momento perfecto. Ya están los resultados de las pruebas. El doctor Stephens querrá verlos antes de hablar con vosotros.

—¿Nosotros?

La enfermera Abby se detuvo junto a la puerta.

—No soy nada cotilla, pero tu hombre no es de los que aceptan un «no» por respuesta. Ha pedido que se le informe de cómo progresas. Y, dado que no tenemos información de ningún otro familiar, hemos tenido que contar con él. Te salvó la vida al dar su aprobación para la operación. Es evidente que le importas mucho.

—¿Y sabe que tengo... problemas de memoria?

—No te preocupes por eso, querida. Todo irá bien. Estoy segura.

El aparato que la enfermera llevaba en la mano pitó y esta se marchó dejándola sola.

Veinte minutos después, Sienna oyó voces.

El doctor Stephens entró con una tablilla en la mano. Paralizada por el miedo, Sienna no se dio cuenta inmediatamente de que no estaba solo. Entonces sintió que alguien la miraba. Notó que se le aceleraba el corazón sin saber por qué.

La reacción de su cuerpo ante el hombre que

seguía al doctor Stephens fue tan visceral, tan primitiva, que Sienna tuvo que agarrarse a la sábana y notó que dejaba de respirar.

–Señorita Newman, tengo los resultados de las pruebas. Antes de que continuemos, la enfermera Abby me ha informado de que ya le ha hablado del señor Castillo –dijo el médico, yendo hacia el otro lado de la cama y dejando ante ella al hombre que lo había seguido.

Un hombre alto, imponente, que se había quedado inmóvil al verla.

–Es probable que no se acuerde de él, pero se trata de...

Un zumbido impidió que Sienna oyese lo que el médico le decía.

De repente, todo su cuerpo tembló de felicidad al recordar a aquel hombre.

–Emiliano... –dijo con cautela, esperanzada–. ¡Emiliano!

Él dio un único paso hacia ella, había palidecido.

–¿Te acuerdas de mí? –le preguntó con voz ronca.

–¡Sí! Me acuerdo de ti. ¡Me acuerdo! –repitió ella, mirando a Emiliano y al médico.

No entendió que Emiliano no se acercase más a ella, se preguntó si tan mal aspecto tendría. Se dijo que él la había cuidado cuando había tenido la gripe la última vez, y que su aspecto ya no podía ser peor.

Entonces se dio cuenta de que aquel era otro recuerdo.

–¡La gripe! Tuve gripe el mes pasado –dijo.

El médico miró a Emiliano, que negó con la cabeza.

–No tuviste gripe el mes pasado, fue a finales de septiembre.

–¿Y?

–Que dentro de tres días será Año Nuevo –respondió él en un tono demasiado neutral.

Ella sintió miedo. El doctor Stephens se aclaró la garganta.

–Señorita Newman, ¿me puede decir cuál es su relación con el señor Castillo?

Ella miró a Emiliano.

–Somos amantes –respondió, ruborizándose–. Llevamos juntos casi diez meses.

Un sonido ronco emergió de la garganta de Emiliano. Ella pensó que debía de haber estado muy preocupado durante las dos últimas semanas.

–Emiliano, estoy bien. Siento haberte preocupado.

Después de un momento de tensión, él se acercó. Una mano grande, caliente, rodeó la de ella. Sienna sintió que se le cortaba la respiración y, al mirarlo, se dio cuenta de que la caricia tenía el mismo efecto en él.

Ambos giraron la cabeza cuando el doctor Stephens se aclaró la garganta de nuevo.

–Señor Castillo, ¿puede corroborar esa información?

–No. Hace más tiempo. Más o menos un año, para ser exactos.

–¿Un año? –repitió Sienna, buscando sus ojos.

–Sí –le confirmó él.

–¿Qué me pasa?

–Tiene todos los síntomas de una amnesia –le explicó el doctor Stephens–. El trauma sufrido ha hecho que pierda fragmentos de memoria. ¿Qué es lo primero que recuerda si le pregunto por usted y el señor Castillo?

Sienna frunció el ceño y tardó unos segundos en contestar.

–Estábamos... en Viena, en la ópera... ¿en junio?

Miró a Emiliano para corroborarlo. Él asintió.

–¿Y su último recuerdo? –le preguntó el médico.

–Debe de ser de octubre. Tuvimos una reunión con un cliente en Vancouver, y después fuimos a cenar. Por entonces ya me sentía mucho mejor.

No pudo evitar ruborizarse al recordar más. Habían dejado la cena a medias y Emiliano la había besado apasionadamente en el ascensor. Después, había bañado todo su cuerpo con champán.

Le había hecho el amor, le había murmurado palabras en español, palabras que Sienna empezaba a comprender.

–¿Y recuerda a qué se dedica?

Ella asintió.

–Trabajo para... Soy vicepresidenta de Adquisiciones en Castillo Ventures.

El médico miró a Emiliano antes de volver a mirarla a ella.

–¿Algo más? ¿Edad? ¿Familia? ¿Equipo de fútbol favorito?

Ella contuvo la respiración e intentó buscar en

su mente una vez más, pero volvió a encontrarla vacía. Tragó saliva y negó con la cabeza.

–No, pero sé que el cumpleaños de Emiliano es en septiembre.

El médico asintió.

–De acuerdo, vamos a pasar a otra cosa...

–Espere. Espere. ¿Cuándo voy a recuperar la memoria? ¿Hay algo que pueda hacer?

A su lado, Emiliano le puso la mano que tenía libre detrás de la nuca para ayudarla a mirarlo.

–El doctor Stephens ha subrayado la importancia de no forzar los recuerdos, querida. ¿Verdad, doctor?

Ella notó algo en su voz. Autoridad y tensión.

El médico asintió.

–Es mejor que los recuerdos vayan volviendo solos. Por desgracia, no sabemos cuándo ocurrirá. Yo le recomiendo que no se estrese por nada, sobre todo, teniendo en cuenta su otra situación.

Sienna notó que Emiliano se ponía tenso.

–¿Qué otra situación? –preguntó.

–Aseguró que se iba a curar –acusó Emiliano al doctor.

–Sí. No me refería a eso –contestó este–. Dado que las fechas coinciden, supongo que puedo compartir la información con el señor Castillo también.

–¿Qué información? –preguntó Sienna.

El médico consultó sus documentos otra vez.

–Según el resultado del análisis de sangre que hicimos cuando ingresó, hace dos semanas, está embarazada.

–¿Qué?

La mano de Emiliano se había puesto tan tensa en su nuca que casi le hizo daño, pero a Sienna no le importó mucho.

–Sí, repita eso, por favor, doctor –pidió él.

–No estamos seguros de la fecha exacta, pero está, aproximadamente, embarazada de tres meses.

–¿Cómo es posible? Si nunca se le olvida la píldora.

–¿Y usted? ¿Utiliza protección?

Emiliano respondió sin vergüenza.

–No. Lo preferíamos así. Ambos teníamos análisis de sangre que demostraban que estábamos sanos.

–Pero la señorita Newman ha comentado que había estado enferma. ¿Estuvo tomando antibióticos?

Emiliano asintió.

–Sí, pero después tuvo el periodo. No falla nunca, es como un reloj.

–Pero tal vez los antibióticos hicieron bajar la efectividad de la píldora. Y es normal menstruar durante el primer mes de embarazo.

–¿El bebé está bien? –preguntó ella.

–Sí, hemos estado controlándola y, salvo por el traumatismo craneal, el resto de su cuerpo está bien.

Sienna suspiró aliviada. Luego miró a Emiliano y se sintió feliz.

–Emiliano... –murmuró, con miedo a hablar en voz alta y que aquella felicidad desapareciese también de su mente.

Él la miró, había sorpresa en sus ojos. Y otras emociones indescifrables.

–¿Sí, Sienna?

–Emiliano... yo... Vamos a tener un bebé –susurró maravillada.

A él le brillaron los ojos con tal fuerza que Sienna sintió que se derretía por dentro. Bajó la vista a su vientre todavía plano.

–Sí, querida. Es una bendición inesperada.

Ella se llevó sus manos unidas a los labios y dio un beso en el dorso de la de Emiliano antes de ponérsela en la mejilla. Notó que él se ponía tenso, pero se negó a sentirse avergonzada por aquella muestra pública de cariño.

Reinó el silencio durante unos segundos, hasta que Emiliano se apartó.

–Ahora, descansa. Yo tengo que hablar con el doctor Stephens para ver cuándo van a poder darte el alta.

Sienna sonrió.

–Sí, por favor. Estoy deseando marcharme a casa. Alfie debe de estar muy aburrido, solo contigo –bromeó.

Emiliano no le devolvió la sonrisa, pero su instinto le dijo que aquello no era nuevo.

–Aunque a mí no me lo diría jamás, tengo la impresión de que se alegrará de tu vuelta –admitió Emiliano en tono seco antes de salir de la habitación.

A pesar de los obstáculos que le depararía el futuro, Sienna no pudo evitar sonreír al llevarse la mano al estómago.

Tal vez hubiese perdido algunos recuerdos, pero mientras esperaba a curarse, disfrutaría de aquella bendición.

# Capítulo 6

HACE dos semanas que sabe que está embarazada y no me lo ha dicho? –preguntó Emiliano al médico en cuanto la puerta de la habitación se cerró tras ellos.

No estaba seguro de por qué le latía con tanta fuerza el corazón. No le gustó la sensación. Sabía que tenía que mantenerse frío ante semejante sorpresa, no quería ponerse a pasear por el pasillo, con el corazón acelerado.

Sienna estaba embarazada. La mujer que estaba seguro de que lo odiaba iba a tener un hijo suyo. Era la misma mujer que, dos semanas antes, le había dicho que había pasado página y que estaba saliendo con otro hombre.

Se le encogió el estómago.

La situación con los Cabrera no estaba solucionada, ni mucho menos, a pesar de sus esfuerzos. Estaban empeñados en que él pagase por los pecados de sus padres. Y eran lo suficientemente ricos como para no poder comprarlos con dinero.

Lo único que querían era que él se casase con Graciela Cabrera. Emiliano había accedido para tranquilizarlos temporalmente, pensando que encontraría una solución.

No lo habría hecho si no se lo hubiese pedido Matías. Su conversación con la propia Graciela también lo había ayudado a tomar la decisión.

Era evidente que ella estaba desesperada por marcharse de casa de su autoritario padre. Emiliano tenía que admitir que se había dejado fotografiar durante la cena por pena.

Aunque en realidad había querido marcharse de allí y buscar otra manera de cumplir con los deseos de Matías. Graciela le había pedido ayuda, que siguiese adelante con la farsa para que ella pudiese ganar algo de tiempo. Él había accedido precisamente para eso, para ganar tiempo.

No había esperado que toda la situación le estallase en las narices nada más aterrizar. Después del accidente de Sienna había surgido un escenario nuevo, que había que manejar con mucho cuidado.

Y con respecto a la noticia de que iba a ser padre...

Era lo suficientemente pragmático como para aceptar que aquella era una nueva realidad que no podía evitar. Aunque, si le hubiesen dado a elegir, hubiese sido lo último que habría deseado.

Miró al médico, que todavía no había respondido a su pregunta.

—Usted no es mi paciente. Ella, sí. He compartido con usted la información necesaria para tratarla porque necesitaba que alguien me diese el consentimiento.

—¡Pero yo soy el padre! —le espetó él sin pensarlo.

¿Qué sabía él de la paternidad? Nada.

La idea lo inquietó.

–La historia que usted me contó cuando la ingresaron tenía muchas lagunas. Yo tenía que tratarla, pero no podía compartir información confidencial con usted, porque me dijo que ya no estaban juntos. Tenía que considerar la posibilidad de que el padre fuese otro hombre.

Una parte de él comprendió el razonamiento del médico. Otra se sintió furiosa solo de pensar en Sienna acostándose con otro. La había visto una vez con David Hunter y no había reaccionado bien. De hecho, había tenido que admitir que se avergonzaba de cómo se había comportado con ella. No obstante, aquello no hizo disminuir su ira. Ni su sentimiento de culpabilidad.

Eran sentimientos que habían crecido en su interior cuando Sienna se había marchado. Él no había querido dejarla ir, pero no había podido evitarlo.

En cualquier caso, él era el responsable de que en esos momentos estuviese en un hospital, con pérdidas de memoria. Y no podía ayudarla a recordar sin causar mayores daños. Tanto para ella como para el bebé.

Su bebé.

Su responsabilidad.

–Deme un pronóstico. Y dígame cómo puedo contarle la verdad acerca de nuestra relación.

El doctor Stephens sacudió la cabeza.

–Mi recomendación sigue siendo la misma. Cualquier trauma adicional, aunque sea emocional, podría tener un efecto adverso en su salud. Y recuerde que ya no estamos hablando solo de ella. Si va a seguir adelante con el embarazo...

–¿Por qué no iba a hacerlo? –preguntó Emiliano con incredulidad.

El otro hombre se encogió de hombros.

–Es una mujer independiente. Y es evidente que ha querido olvidar las últimas semanas de la relación que tuvo con usted. Prepárese por si recupera esos recuerdos.

Aquello último fue como un jarro de agua fría para Emiliano.

En circunstancias normales, Emiliano se enorgullecía de adelantarse siempre a los acontecimientos. Tenía treinta y dos años y era un hombre hecho a sí mismo.

Pero desde que había viajado a Argentina todo había empezado a ir mal. Se había creído inmune a todo lo relativo a sus padres, pero no había podido darle la espalda a Matías.

Y había perdido su toque mágico. Y a la que había sido su mujer.

En esos momentos podía perder, además, a su hijo.

Era posible que Sienna recuperase la memoria y volviese con el hombre con el que había estado cenando aquella noche.

Y a pesar de que la idea de la paternidad lo confundía, había algo que tenía muy claro.

No iba a separarse de su hijo. Tal vez no tuviese ni idea de cómo ser padre, pero no ocuparía un segundo lugar en la vida de su hijo.

Apretó la mandíbula y miró al médico.

–¿Cuándo podrán darle el alta a Sienna?

–Me gustaría tenerla monitorizada veinticuatro horas, para asegurarme de que está todo bien.

–¿Y después? ¿Qué hará falta para asegurarnos de que tanto ella como el bebé van a estar bien?

–Reposo total durante un par de semanas, y después podrá retomar sus actividades normales siempre y cuando no se exceda. Me aseguraré de que le preparen un programa detallado.

Emiliano volvió a sentirse inquieto. Se miró el reloj y se dio cuenta de que era tarde, así que se obligó a posponer el resto de las preguntas que le rondaban la cabeza.

–Volveré a por ella mañana. No obstante, si surgiese cualquier contratiempo...

–Será el primero en saberlo –le aseguró el doctor Stephens en tono seco.

Volvió a la habitación de Sienna algo más tranquilo que un rato antes. A pesar de la inesperada noticia, lo cierto era que la presión de su pecho había menguado.

Sienna había despertado en él emociones desagradables al intentar marcharse, pero, aquella noche, verla caer y hacerse daño había sido una experiencia que no quería que se repitiese jamás.

Y saber que se había caído estando ya embarazada...

Emiliano se detuvo delante de la puerta, agarró el pomo con mano temblorosa y respiró hondo.

Desde niño había sido muy posesivo con las cosas que valoraba, y no le daba vergüenza reconocerlo. No le hacía falta un psicólogo para saber que era el resultado de haber tenido unos padres que nunca lo habían valorado, lo que lo había llevado a rodearse de cosas materiales. Eso le había procurado una cierta satisfacción. Después, había empezado a valorar otras cosas.

Como la lealtad y el trabajo duro de sus empleados.

Y la relación con su hermano, Matías.

Y el tener a una mujer en su cama que conocía el juego y saldría de su vida en silencio cuando llegase el momento de hacerlo.

En su lista nunca había habido un hijo. Sencillamente, porque no tenía las cualidades adecuadas para forjar un vínculo con él.

No obstante, mientras empujaba la puerta de la habitación de Sienna, solo podía pensar en su hijo. En cómo protegerlo. Y poseerlo.

Entró en la habitación y se acercó a la cama.

Sienna estaba dormida, con las largas pestañas acariciándole la piel. Estaba más pálida de lo habitual, pero igual de guapa que la primera vez que la había visto, el día que le había hecho una entrevista para que entrase a trabajar en Castillo Ventures. En esos momentos, verla despertó en él deseo sexual, pero también algo más. Siempre había habido algo más en su relación con Sienna.

No le gustaban los puzles. Lo que se le daba bien eran las estrategias. Durante su relación con ella se había dicho que la dejaría en cuanto hubiese resuelto el dilema de qué tenía Sienna para despertar aquel... anhelo en él.

Eso había sido antes de que otros factores hubiesen irrumpido en su vida, haciendo que su relación se terminase bruscamente.

Antes del accidente todavía habían tenido asuntos por zanjar.

En esos momentos tenían... algo distinto.

—¿Emiliano?

Se le encogió el estómago al oír su voz. Varias semanas antes, Sienna había jurado no volver a pronunciar su nombre. Oírlo le hizo sentir algo que no supo etiquetar. Fuera lo que fuera, hizo que desease volver a oírlo.

—Sí, aquí estoy.

Y pretendía seguir estando. Por el bien de aquel bebé de cuya existencia no había sabido nada, pero que no se podía sacar de la cabeza.

Ella separó un poco la cabeza de la almohada.

—¿Estás... está todo bien?

Él se acercó y le acarició la mejilla. El gesto la tranquilizó, y ese era precisamente el objetivo, aunque Emiliano tuvo que admitir que, además, le gustaba tocarla.

—Todo está bien. Duerme, querida.

Sienna sonrió.

—Me encanta que me llames así.

Emiliano se puso tenso. Tenía que dejar de llamarla así. Lo había hecho sin pensarlo.

Al parecer, todos los hábitos relativos a Sienna eran difíciles de cambiar.

Para empezar, todavía no había encontrado a una persona que pudiese reemplazarla en Castillo Ventures. Después de su dimisión, había hecho muchas entrevistas, hasta que sus subordinados le habían sugerido que, tal vez, Sienna fuese irreemplazable.

Emiliano no había estado de acuerdo, pero había terminado cancelando todas las entrevistas que tenía pendientes.

En esos momentos pensó que tal vez hubiese sido lo mejor, pero tendría que tener mucho cuidado.

Y armarse con toda la munición posible.

Aunque prefirió no pensar en que se estaba inclinando a besar en la mejilla a una mujer que, sin saberlo, lo odiaba.


Se concentró en hacer que llevasen todas las pertenencias de Sienna de vuelta al ático lo antes posible. En cuanto aquello estuvo hecho, llamó a North Haven. A última hora de la tarde del día siguiente su helicóptero aterrizaba en el extenso jardín de la clínica.

Se preparó el alta, que él firmó junto a un cheque. Emiliano sabía que estaba comprando diligencia, y media hora después de haber aterrizado Sienna salía por la puerta de la habitación en silla de ruedas.

Le habían quitado la venda de la cabeza y en la cicatriz de tres centímetros que tenía en la cabeza le habían puesto un apósito, medio oculto por su largo pelo. La bata de hospital había sido reemplazada por un vestido de cachemir azul oscuro, que realzaba sus impresionantes ojos verdes.

Unos ojos que en esos momentos sonreían al personal de la clínica que había salido a despedirla.

Emiliano esperó, disimulando su impaciencia, mientras Sienna daba las gracias a las enfermeras y regalaba a Abby el ramo de calas y le prometía seguir en contacto con ella.

Después de varias despedidas, no pudo esperar más.

—Has estado dos semanas en coma. Reserva los saludos para cuando estés más fuerte.

—Sí, jefe —respondió ella en tono de broma—. Lo que tú digas.

Emiliano recordó que la última vez que Sienna le había dicho aquello la había sentado en su escritorio y le había demostrado con hechos quién era el jefe.

La vio ruborizarse y se imaginó que ella lo recordaba también. Llegaron al ascensor y Emiliano empujó la silla. Podía haber llevado la maleta también, pero se alegró de que los acompañase un camillero.

Durante la noche, mientras urdía su plan, había llegado a la conclusión de que guardar las distancias con Sienna sería crucial para que aquella locura en la que estaban envueltos fuese soportable.

Salieron del ascensor y del edificio y entonces Emiliano la tomó en brazos.

Ella contuvo la respiración un instante antes de abrazarlo por el cuello.

—¿Estás bien? —le murmuró al oído.

–Debería ser yo quien te preguntase eso.

–Ya te he dicho que estoy bien, mientras que tú pareces... nervioso.

Sienna habló en tono de broma, pero su gesto era serio.

–Teniendo en cuenta la situación, supongo que es normal que esté un poco nervioso, ¿no?

–¿Te refieres al bebé?

–Al bebé y a ti también.

–¿Soy tu primera amante que pierde la cabeza?

–Muy graciosa –respondió él, entrando en el helicóptero y dejándola en la parte trasera antes de sentarse a su lado.

Iba a abrocharse el cinturón de seguridad cuando Sienna apoyó la mano en la suya.

–No pretendía quitarle importancia a la situación. Es solo que... no quiero que te preocupes por mí. No soy una mujer frágil.

–Eso ya lo sé.

–Emiliano...

–Ya hablaremos luego, Sienna. Ahora, disfruta del viaje.

Como era de noche no había mucho que ver, pero Sienna estuvo en silencio hasta que llegaron a Londres.

–Qué bien, volver a casa –murmuró.

–Sí –le respondió Emiliano, volviendo a sentirse culpable, pero diciéndose que estaba haciendo lo correcto.

Aunque no era así. Alfie, al que había alertado de la situación, no pudo ocultar su preocupación.

Pero llevaban media hora en el ático cuando llegó un enorme ramo de flores.

Sienna buscó la tarjeta en él, pero Emiliano se le adelantó y la arrugó con su mano.

–¿Me vas a dejar leer el mensaje o me vas a decir de quién son?

–No.

–Venga. Alguien se ha tomado la molestia de enviármelas. Lo mínimo que puedes hacer es...

–No. Es un don nadie. Olvídate de él.

Sienna abrió mucho los ojos, sorprendida. Y después frunció el ceño.

–Estás exagerando y eso es impropio de ti. No me preguntes por qué lo sé. ¿O es un hábito nuevo? Lo que te ha enfadado no han sido las flores, sino la persona que las envía, ¿verdad?

Emiliano se pasó los dedos por el pelo, se había prometido no ocultarle la verdad a Sienna, en la medida de lo posible.

Ella se acercó y apoyó una mano en su mejilla.

–Cuéntamelo.

Él sintió deseo, un deseo que no tenía ningún derecho a sentir. Y, no obstante...

–Si insistes en saberlo, sí. Te las envía un cazatalentos. Al parecer, ha intentado conquistarte muchas veces.

–Pero seguro que yo no le he dado esperanzas. Seguro que lo que quiere es molestarte a ti.

–Pues lo está consiguiendo.

Sienna se echó a reír.

–Jamás pensé que vería el día en el que admitieses que no eres completamente invencible.

Emiliano se encogió de hombros.

–Todos tenemos defectos, querida. Aunque a algunos se nos da mejor ocultarlos que a otros.

–No estoy segura de que debas jactarte de eso.

–No me jacto, es la realidad. Dependiendo de las circunstancias, uno aprende a ocultar sus defectos. Y, con mucha práctica, te vuelves un experto.

–¿Y en tu caso lo haces por pura supervivencia?

–Lo hacía. Ahora soy invencible. ¿Recuerdas?

Ella se echó a reír de nuevo. Después, se puso seria.

–Tengo la sensación de que no me estás contando algo que he olvidado. Porque no quieres disgustarme.

–Poco a poco, pequeña.

–Vamos a poner las flores en agua.

Él apartó el jarrón de su alcance.

–Odias los delphiniums.

–Ahora sí que estás exagerando.

–No, sé muy bien qué flores te gustan, y estas no están en tu lista.

–¿Tengo una lista? –preguntó ella sorprendida.

Emiliano hizo una mueca.

–Tienes una lista para todo. Y estas flores no están en ella. Por eso se van a ir a la basura.

Sintió una satisfacción pueril al tirarlas.

David Hunter había estado en contacto con el conserje del edificio, cosa que había enfadado mucho a Emiliano. Lo que no se había imaginado era que el otro hombre se atrevería a mandar flores para Sienna a su casa.

Emiliano apretó los dientes mientras se preguntaba hasta dónde habría llegado la relación entre Sienna y el otro hombre.

Respiró hondo para tranquilizarse y dio instrucciones a su mayordomo. Entre otras, prohibió que David Hunter se acercase al edificio, y después volvió al salón.

–Decidido.

–¿El qué? –le preguntó Sienna.

–Un cambio de escenario te vendrá muy bien. Iremos a pasar Año Nuevo a París, y después al Caribe, nos quedaremos allí hasta que me supliques volver a casa.

–Pero... ¿Y el trabajo? No te puedes marchar sin más.

–Soy el jefe. Puedo hacer lo que quiera, trabajar desde donde quiera.

–¿Y yo? No puedo...

–Sí que puedes. Lo he decidido yo. Además, son vacaciones. Y te encanta ir al Caribe en esta época del año. Creo recordar que estaba entre los primeros puntos de tu lista.

Ella sonrió tanto que a Emiliano se le encogió el corazón. No obstante, se mantuvo inmóvil mientras ella se lanzaba a sus brazos y lo abrazaba por el cuello.

–Bueno, si son órdenes del jefe...

–Sí.

–En ese caso, soy toda tuya.

Él intentó mantener la calma a pesar de que se le había acelerado el pulso.

—Sí, toda mía.

—Pero apuesto a que tú te vas a cansar del Caribe antes que yo.

—¿Lo comprobamos?

Sienna bajó la vista a su boca y él tuvo que contener un gemido. El verde de sus ojos era más intenso y la voz con la que respondió, sensual.

—Vamos.

# Capítulo 7

**E**MILIANO?

–¿Sí?

Ante ella estaban las luces de París. Faltaba una hora para que terminase el año y empezase uno nuevo y hacía frío. Desde lo alto de su hotel de cinco estrellas, Sienna tuvo la sensación de que el mundo estaba a sus pies.

No recordaba haber visitado antes París, aunque Emiliano le había contado que había estado allí varias veces. Le molestaba no recordarlo, pero al mismo tiempo le gustaba la idea de volver a enamorarse de aquella ciudad.

Habían puesto un calentador en la terraza, pero Emiliano había insistido en taparla con una manta de cachemir. Cuando se la había llevado, Sienna lo había abrazado y él se había quedado allí. Detrás de ellos, sobre una mesa, descansaban una copa de agua con gas y otra, para él, de champán. Y desde el interior de la suite presidencial se oían villancicos en francés que hacían que la noche fuese todavía más mágica.

Sienna tenía que haberse sentido feliz, pero había algo que la incomodaba.

–¿Qué te pasa, Sienna? –le preguntó él.

Ella dudó porque no quería estropear la noche, pero no pudo seguir aguantando y preguntó:

–¿Por qué no consiguieron localizar a nadie de mi familia en el hospital?

Notó cómo Emiliano se ponía tenso antes de contestar:

–No te preocupes por eso ahora.

Ella sacudió la cabeza y lo miró a los ojos.

–Cuéntamelo, por favor. Si no, voy a imaginarme lo peor...

Vio el gesto de Emiliano.

–Es algo malo, ¿verdad?

–Sienna...

–¿No tenemos relación? ¿Fue por mi culpa? No me imagino enfadándome con todos los miembros de mi familia. Salvo que sea una familia pequeña. No obstante, es Año Nuevo. ¿Por qué no iban a querer verme...?

–Basta. No estáis enfadados, ni habéis perdido la relación. Porque no hay familia. Al menos, yo no he podido encontrar a nadie.

–¿Qué? ¿Por qué? –preguntó ella, sintiéndose dolida, casi sin aliento.

Él suspiró.

–He contratado a una agencia de detectives para que investigasen tu pasado.

–¿No te había hablado yo de él? –le preguntó Sienna extrañada.

El gesto de Emiliano se tensó más.

–Cuéntamelo todo. Ahora mismo, toda mi vida

es un enorme interrogante. Y si bien eso no puedo evitarlo, preferiría empezar el año con el máximo de información posible.

Él tardó en responder.

–No hablábamos de nuestro pasado. Lo preferíamos así. Por ese motivo no sé lo suficiente sobre tu historia como para encontrar a ningún familiar.

–Ah, vaya... ¿Y si no tengo a nadie? –preguntó ella, desanimada, haciéndose un ovillo contra él.

–Esto no es buena idea –le dijo Emiliano muy serio.

–Estoy bien –contestó ella–, me alegro de que me lo hayas contado...

–¿Seguro?

Ella asintió.

–No quiero que haya secretos entre nosotros.

Él apretó la mandíbula.

–Y yo no quiero que nada impida tu recuperación, así que tengo derecho a vetar preguntas, ¿de acuerdo?

Sienna quiso contestarle que sí, pero no pudo evitar sentir que tenía un nudo dentro.

–Es que no puedo evitar pensar que, de no haber estado tú, habría estado sola en el hospital...

–No estás sola. Estás aquí. Conmigo.

Ella le agradeció las palabras, pero no entendió por qué no había querido hablar de su pasado con aquel hombre que hacía que se le acelerase el corazón de deseo cada vez que la miraba.

Salvo que a él no le hubiese interesado su vida.

–¿Por qué no te hablé nunca de mi pasado?

Emiliano se encogió de hombros.

–Porque a ninguno de los dos nos gustaba hablar de nuestras familias. En cualquier caso, quiero que sepas que es habitual sentirse solo incluso teniendo una familia.

–Emiliano...

Oyeron voces desde la calle y miraron hacia el enorme reloj que habían colgado de la torre Eiffel.

Quedaban solo treinta segundos para estrenar un año nuevo.

Emiliano le acarició la mejilla.

–Estás esperando un hijo mío. Y lo primero es el bebé. Para los dos. ¿Estás preparada?

–Por supuesto. Quiero este hijo. Más que nada en el mundo.

–En ese caso, deja de preocuparte por el pasado. A partir de ahora, miraremos al futuro. ¿De acuerdo?

–*Dix, neuf, huit, sept, six...*

Sienna contuvo la respiración y después asintió.

Los fuegos artificiales iluminaron el cielo. Los ojos dorados de Emiliano se clavaron en los suyos para después bajar a los labios.

–Feliz Año Nuevo, querida –murmuró con voz ronca.

A ella se le aceleró el corazón.

–Feliz Año Nuevo, Emiliano –le respondió, tomando una de sus manos y apoyándola en su vientre–. Y Feliz Año Nuevo, bebé Castillo.

Emiliano bajó la mano a su vientre. Una de las preguntas que Sienna no había tenido el valor de formular era qué pensaba él de aquel embarazo no planeado. En algún momento tendrían que mantener aquella conversación, pero iba a dejarla pasar por el momento.

Lo miró a los ojos y le pidió:

–Bésame.

Él gimió y negó con la cabeza.

–No, Sienna.

De no haber sentido su enorme erección en el vientre, de no haber visto brillar sus ojos con deseo, Sienna habría pensado que no la deseaba, pero debía de ser otro el motivo de su negativa.

–No pasa nada. Estoy bien –le dijo ella.

–Da igual, no pienso que debas...

–Un beso no me va a hacer ningún daño, Emiliano. Solo me va a hacer... feliz.

–Dios mío, esto es el infierno –protestó él.

–¿No es una tradición, besarse para celebrar el Año Nuevo?

–No sabes lo que me estás pidiendo –le advirtió Emiliano.

–Sí que lo sé, y no voy a aceptar un «no» por respuesta.

Todavía no había terminado de hablar cuando Emiliano hundió los dedos en su pelo y la besó apasionadamente. Ella gimió, agradecida, y le permitió que profundizase el beso, que su lengua jugase con la de ella.

Sienna notó cómo se le erguían los pezones y solo pudo disfrutar de la sensación. Se preguntó si eran las hormonas lo que le hacía pensar que aquel beso era más especial que ningún otro que se hubiesen dado antes. Cuando Emiliano se apartó, ella estaba temblando, temblando y al borde de las lágrimas.

—¿Sienna?

—Estoy... bien. No sé por qué estoy llorando.

Él se maldijo y la tomó en brazos para llevarla hasta la habitación.

Allí la ayudó a descalzarse y a quitarse el vestido, fue al vestidor a por un camisón y esperó a que se lavase los dientes delante de él en el cuarto de baño.

—Puedo meterme sola en la cama, Emiliano. Y no te culpes por el beso. Las lágrimas... son culpa de las hormonas del embarazo.

—Pero no estarías llorando si yo hubiese sido capaz de mantenerme alejado —respondió él muy serio.

—Si me has estado tocando desde que salí del hospital. Me llevas de la mano cuando entramos en una habitación, me pones el pelo detrás de la oreja cuando no puedes verme bien la cara. Y esta noche me has vestido tú a pesar de que te he dicho que podía hacerlo sola.

—Lo siento. A partir de ahora tendré más cuidado.

—¡No quiero que tengas cuidado ni que me trates como si fuese a romperme!

—Tranquilízate.

—Estoy tranquila —respondió ella, respirando hondo—. Me tratas de un modo... que me hace sentir que me estoy perdiendo algo de vital importancia. Toda una ironía, teniendo en cuenta que solo me funciona bien parte del cerebro.

–Tu cerebro está estupendamente –le aseguró él–. Tu increíble capacidad cognitiva era el motivo por el que eras mi vicepresidenta de Adquisiciones.

–¿Era? –preguntó ella con el ceño fruncido.

Emiliano se quedó en silencio un segundo.

–Antes del accidente.

–Ah, por supuesto. Supongo que no podré volver al trabajo si he perdido parte de mis recuerdos.

Él apretó la mandíbula.

–No puedes volver al trabajo porque te estás recuperando de un traumatismo y, además, vas a tener un bebé. No vas a poder pisar una sala de juntas en mucho tiempo.

–¿Quién lo dice, mi jefe o mi amante? –lo retó ella.

–Un hombre interesado en tu bienestar. Y que pretende ganar esta discusión, y muchas más, llegado el momento.

Sienna no quiso seguir discutiendo, sobre todo, porque cada vez le pesaban más los párpados. Y porque Emiliano no había empezado a desnudarse ni parecía que tuviese la intención de meterse en la cama con ella.

–Que duermas bien, Sienna.

Y se marchó antes de que a ella le diese tiempo a responder.

Una hora más tarde, Sienna cambiaba de posición en la cama por enésima vez, incapaz de conciliar el sueño. Pensó en la escena de aquella noche, en el beso. Y deseó que el calor del mismo hubiese podido borrar la fría realidad de su pasado.

Al parecer, no tenía familia.

Por el momento, solo tenía a Emiliano, con el que estaría conectada para siempre a través de su bebé.

Un hombre que no quería tocarla. Aunque fuese porque había estado muy débil, Sienna no podía evitar sentirse mal.

Algo fallaba. Y, si no podía confiar en su memoria para averiguar qué era, tendría que encontrar otros medios.

Emiliano vació de un sorbo la copa de coñac que se había servido antes de sentarse en su despacho a hacer la llamada. No tenía miedo, era demasiado pragmático para tenerlo, pero tampoco le apetecía. Lo único que sabía era que tenía que hacerla. Suprimió la punzada de culpabilidad que le causaba la idea de defraudar a Matías. Encontraría otra forma de ayudar a Graciela y de compensar a su hermano si... cuando Matías saliese del coma.

Marcó el número que se sabía de memoria, sorprendido consigo mismo por recordarlo. Respondieron al tercer tono.

—Ya era hora de que llamaras —dijo su padre a modo de saludo.

—Se te olvida que soy yo el que ha acudido a tu rescate. No estaría mal que me lo agradecieras un poco.

Su padre dudó un instante antes de hablar y a Emiliano le alegró oírlo en tono menos beligerante.

—No hemos tenido noticias tuyas, salvo una llamada de tu secretaria, para decirnos que te mantendrías en contacto. De eso hace una semana. Estábamos... preocupados.

—Mi vida no se ha detenido porque la vuestra esté en caída libre —respondió él.

Su padre se aclaró la garganta.

—Rodrigo Cabrera ha estado esperando tu llamada. La espera hace que se sienta insultado. La prensa le está pidiendo un anuncio oficial.

—Eso lo tenía que haber pensado antes de hacer que la prensa sacase a la luz una relación que no existe.

—Una relación con la que tú estuviste de acuerdo —le recordó su padre.

—Yo solo accedí a cenar con su hija con la esperanza de convencerla de que hablase con su padre y le hiciese entrar en razón. Tenía que haberme negado a participar en esta ridícula farsa desde el principio.

—Pero no lo hiciste —dijo su padre—. Hiciste promesas que Cabrera quiere que cumplas ahora.

Emiliano agarró el auricular con fuerza.

—Eso no va a ocurrir. Tenemos que encontrar otra manera de saldar la deuda.

—Imposible. He llegado a un acuerdo con Cabrera.

—Un acuerdo del que no me informaste y para el que yo no di mi consentimiento. Un acuerdo por el que obligaste a Matías. ¿Llegaste a preguntar cómo afectaría este acuerdo a su vida, o la sacrificaste sin más, como pretendes sacrificar la mía?

—¿De qué estás hablando?

—¿Sabes adónde iba Matías cuando tuvo el accidente?

–Por supuesto. Estaba trabajando en...

–No, iba de camino al aeropuerto después de haber roto con su novia. Rompió su relación con ella por salvarte el pellejo a ti.

–Tu hermano entendía el significado de las palabras «familia» y «sacrificio», mientras que tú...

–Ahórratelo, viejo. Hace mucho tiempo que perdiste el derecho a hacerme sentir culpable Y no hables de Matías en pasado. Tal vez tú lo hayas desterrado ya, pero yo, no.

–Un poco de respeto, chico –lo reprendió su padre–. No existirías si no fuese por mí.

Emiliano cerró los puños al oír aquello.

Sí, su padre era responsable de su existencia, lo mismo que él era responsable de su futuro bebé.

Y pretendía ser mejor padre de lo que lo había sido el suyo.

No sabía cómo iba a hacerlo, pero no defraudaría a su hijo ni lo ignoraría, como habían hecho con él.

–¿Me estás escuchando?

Emiliano volvió a centrar la atención en la conversación.

–Te estoy escuchando, el que no escucha eres tú. Yo no puedo cumplir el acuerdo al que tú llegaste con Cabrera. O acepta mis condiciones económicas, o me propone otras que sean admisibles para mí, pero no me voy a casar con su hija.

–¿Por qué? –quiso saber su padre.

–Porque me voy a casar con otra mujer.

# Capítulo 8

**B**UENOS días, cariño –la saludó Emiliano en español.

–Buenos días, guapo. ¿Has dormido bien? –respondió ella en el mismo idioma.

Emiliano se quedó de piedra ante Sienna, que estaba tomando el sol en la terraza.

–¿Hablas español? –le preguntó.

Ella se sonrojó antes de responder otra vez en español:

–Un poco, pero lo estoy intentando.

Emiliano se sentó frente a ella a la mesa del desayuno.

–Yo diría que lo haces muy bien.

Ella sonrió antes de meterse un trozo de mango en la boca. Se limpió la comisura con la punta de la lengua y Emiliano se excitó al verlo. Entre aquello y el bikini blanco que llevaba puesto, cubierto a duras penas por un pareo casi transparente, Emiliano supo que la siguiente media hora iba a ser una tortura.

Llevaban en su isla situada enfrente de la costa de las Bahamas algo más de una semana. Y cada día era un reto para Emiliano, que tenía que luchar contra la irresistible tentación de tocar a Sienna.

Ella había ido apareciendo cada día con menos ropa, motivo por el que Emiliano había enviado a los empleados de la casa a sus alojamientos y solo permitía que Alfie entrase en la residencia principal.

–¿Cuánto tiempo llevas ocultándomelo? –le preguntó, concentrándose en servirse una taza de café solo... muy despacio... para poder así dejar de pensar en su piel.

Sienna sonrió todavía más. Sus ojos verdes se iluminaron.

–Me he despertado esta mañana y había recuperado la memoria. Recuerdo haber escuchado cintas, aunque no sé de dónde las saqué ni cuánto tiempo he estado aprendiendo. Supongo, por tu reacción, que no lo sabías. Así que... ¡sorpresa!

–No, no lo sabía –admitió Emiliano, que estaba muy tenso–. Y, sí, es una maravillosa sorpresa.

Esperó un par de segundos y añadió:

–¿Recuerdas algo más?

La sonrisa de Sienna menguó hasta desaparecer por completo.

–Sé... el motivo por el que nadie vino a verme a la clínica. Salvo tú.

–Dime –la alentó él.

Ella bajó la vista.

–Recuerdo mi niñez. Soy huérfana, Emiliano. Me dejaron con unas monjas en Surrey cuando era solo un bebé. Había un papel con mi nombre escrito en la manta en la que estaba envuelta. Las monjas me pusieron el apellido.

Dejó escapar una amarga carcajada. Sonaba muy

parecida a la que le salía a él cuando pensaba en su propia niñez.

—Me abandonó una madre que solo se detuvo a escribir un nombre que debió de parecerle adecuado para la hija a la que no quería criar.

Se llevó la mano al vientre e hizo una mueca.

—Esa es mi historia. Ahora ya la sabes.

Emiliano vio tal vulnerabilidad en su mirada que no pudo evitar tocarle la barbilla.

—Eso no cambia nada. Eres quien eres, independientemente del misterio de tu nacimiento. Que una persona sepa de dónde procede no garantiza que haya crecido con cariño y aceptación.

Ella parpadeó, le temblaron los labios unos segundos, levantó la cabeza y ya había determinación en su mirada.

Asintió.

—Recuerdo algo más.

Emiliano tragó saliva.

—¿El qué?

—Suiza.

—¿Qué pasa con Suiza?

—Que recuerdo que tu hermano está en coma. Fuimos a verlo cuando volvíamos de Praga. ¿Fue en julio?

Él se sintió enormemente aliviado. Tomó su taza de café y le dio un sorbo.

—Sí, eso es.

—¿Y está...? ¿Ha habido algún cambio?

Emiliano recordó la última vez que Sienna le había hecho aquella pregunta, negó con la cabeza.

–Fui a verlo hace dos semanas. No ha habido cambios. Los médicos están barajando la posibilidad de utilizar un método experimental con él para despertarlo.

–¿Y es peligroso?

–Siempre hay riesgos, pero piensan que aguantará. Su actividad cerebral es prometedora. Los médicos opinan que ya debería estar despierto.

–¿Y entonces?

Él dio otro sorbo de café antes de responder.

–Espero que lo intenten mañana. Matías necesita despertar y vivir su vida. Por desgracia, mis padres tienen que dar su consentimiento. Y están... pensándoselo.

Le enfurecía pensar en que Matías estaba perdiendo días de vida por la indecisión de sus padres.

–¿Por qué? Cualquier padre querría ver bien a su hijo –respondió Sienna sorprendida.

Emiliano se dio cuenta de que Sienna afrontaría la maternidad como había afrontado los retos laborales en su empresa.

Lo que no sabía era qué pensaría en un futuro, si consideraría que él estaba a la altura como padre.

Los cálidos dedos de Sienna le tocaron la mano, devolviéndolo al presente.

–Porque mantenerlo en coma implica que Matías sigue vivo. Lo que ocurre es que mientras no despierte yo ocupo su lugar como hijo primogénito y tengo que asumir sus responsabilidades.

–¿Estás diciendo que lo están utilizando como peón?

Unas semanas antes, Emiliano habría contestado de manera afirmativa sin dudarlo.

–Tal vez no lo hagan a propósito, pero es evidente que su indecisión me afecta a mí.

–¿Siempre ha sido así tu relación con tus padres? ¿Siempre ha habido distancia y... amargura?

–Hasta el accidente de Matías, llevábamos más de diez años sin hablarnos. Me marché de casa con dieciocho años.

–¿Por qué? –preguntó ella en tono dulce, pasándole una naranja ya pelada antes de servirse un cruasán.

Él masticó y tragó antes de responder.

–Yo me di cuenta muy pronto de que Matías era el hijo predilecto. Yo era solo el de recambio, para cuando me necesitaban.

–Lo siento mucho, Emiliano –murmuró Sienna en tono sincero.

Su voz lo tranquilizó. Ella lo tranquilizaba. Así que continuó hablando.

–Dudo que se dieran cuenta del día que me marché.

–Seguro que sí.

–Tal vez. Matías me contó una vez que mis padres habían preguntado por mí, pero nunca les importó lo suficiente como para hacer una llamada de teléfono. Nunca.

–¿No intentó convencerte tu hermano para que no te marcharas?

Él asintió.

–Muchas veces, después de que le contase mi

plan. Creo que a él le dolía admitir que era el favorito de nuestros padres. Cuando se dio cuenta de que tenía las maletas hechas y que iba a marcharme con o sin su ayuda, se rindió.

Sienna lo miró con tal comprensión que Emiliano se preguntó por qué no le había contado todo aquello mucho antes, y por qué le estaba contando en esos momentos una historia que ya tenía completamente enterrada.

Aquella era una versión de Sienna más abierta, que hacía que fuese más sencillo hablar con ella. Deseó alargar las manos y... Pensó que tal vez aquella también fuese una mejor versión de sí mismo.

Tomó el cruasán que Sienna le había puesto delante y le dio un mordisco. Guardaron silencio durante varios minutos.

Después, Sienna tomó otro bollo y le puso mantequilla, pero no se lo comió. En vez de eso, miró fijamente a Emiliano a través de sus largas pestañas.

—¿Y adónde fuiste? ¿Qué hiciste después de marcharte de casa?

—Yo tenía planeado quedarme en Buenos Aires y buscar un trabajo cualquiera, pero a Matías se le ocurrió otra idea.

—¿Sí?

—Me llevó al aeropuerto y me dio un billete para Londres. Me apuntó a clases nocturnas para que pudiese seguir estudiando mientras hacía unas prácticas que también me había buscado él en una entidad financiera.

–Vaya, eso es increíble.

A él se le cerró la garganta un instante.

–Sí, Matías era... es... increíble. A cambio solo me rogó que no me olvidase de nuestra familia y que les ofreciese mi ayuda cuando la necesitasen. No me pidió nada en más de diez años.

–Así que a ambos os abandonaron, a cada uno de un modo distinto, las personas que tenían que haber cuidado de vosotros –comentó Sienna, pensativa.

Emiliano no lo había pensado nunca así, pero asintió.

–Pero lo hemos superado.

Ella asintió ligeramente, no parecía muy convencida.

–¿Qué ocurre?

–Que no puedo evitar preguntarme si nuestras cicatrices afectarán a nuestro hijo.

Él empezó a negar con la cabeza antes de que Sienna terminase la frase.

–Lo haremos mejor por nuestro hijo, querida. Tienes mi promesa.

A Sienna le temblaron los labios y se le llenaron los ojos de lágrimas.

–Estás llorando otra vez.

En todo el año que habían estado juntos no la había visto llorar jamás y tenía que admitir que aquello también lo sacaba de su zona de confort.

Sienna se limpió las mejillas.

–Estoy bien, con las emociones un poco a flor de piel, ya te lo he dicho. Y, sí, esta vez es culpa tuya.

–¿Por haberte contado mis problemas?

Ella puso los ojos en blanco, se levantó de la silla y se sentó en su regazo. Emiliano contuvo un gemido al notar que lo abrazaba por el cuello. Sienna olía a crema solar y a mujer, era un olor embriagador. Y él no podía desearla más.

–Por querer tranquilizarme diciendo que este bebé no se arrepentirá algún día de haberme tenido como madre.

–Que eso te preocupe implica que te importa, por lo que el bebé será afortunado teniéndote como madre –respondió Emiliano a regañadientes, mientras sus manos se movían solas por los muslos de Sienna.

Ella se inclinó hacia delante, hasta que sus narices estuvieron a punto de tocarse.

–También será una niña afortunada por tenerte a ti como padre –le susurró, con los ojos llenos de lágrimas otra vez.

–Deja de llorar, querida. No me gusta verte llorando.

–De acuerdo, Emiliano. Haré todo lo posible por no molestarte con mis horribles lágrimas –le dijo ella, acariciándole los labios con el aliento.

Tanto su boca como sus pechos eran una pura tentación.

–No hay nada horrible en ti, guapa.

–Salvo las cicatrices de mi cabeza, pero te voy a dejar que ganes esta discusión.

Emiliano decidió que no era perfecto y que no pasaba nada por ello, así que inclinó la cabeza y probó sus dulces labios. Ella respondió al instante, como si estuviese tan desesperada como él.

La oyó gemir y notó que se apretaba todo lo posible contra su cuerpo, y Emiliano se dijo que tenía que parar aquello antes de que fuese demasiado tarde. Había salido a hablar de su futuro con ella. Era una discusión que había que manejar con delicadeza. Después de hablar con su padre había decidido continuar con su plan.

Había pensado mucho acerca de esperar a que recuperase la memoria antes de hacerlo, pero el médico ya le había advertido que la recuperación podía ser muy lenta.

Y, con cada día que pasaba, Emiliano iba perdiendo la convicción de que esperar fuese la mejor opción. Fuese lo que fuese lo que les deparase el futuro, iban a tener a aquel bebé. E iban a ser felices juntos.

Así que la besó hasta dejarla sin aliento, y después se apartó y la miró a los ojos.

Sí, estaba haciendo lo correcto.

–Esta mañana tengo cosas que hacer, pero me gustaría que esta tarde dieses un paseo en barco conmigo –la invitó, dándole otro beso rápido.

Ella sonrió.

–¿Adónde vamos a ir?

Él apartó las manos de su pelo y las pasó por sus hombros. Tuvo que hacer un enorme esfuerzo para no tomarla en brazos y llevársela a la cama más cercana.

–Es una sorpresa.

El pedido que había realizado había llegado la noche anterior. El resto de preparativos estarían listos pronto, pero antes tenía que terminar la investigación que le estaba haciendo a Cabrera y encontrar su punto débil.

Se puso en pie con Sienna todavía entre sus brazos. Le inquietaba comprobar que pesaba mucho menos de lo habitual, pero ya había dado instrucciones a sus empleados para que lo ayudasen a cambiar eso. Y, por el momento, a ella no parecía molestarle que la cebasen.

–¿Adónde me vas a llevar?

–A tu segundo lugar favorito de la isla.

Sienna se echó a reír mientras él la llevaba hacia la piscina.

–¿Cuál es el primero?

–Una cama enorme, por supuesto. Tus ronquidos de felicidad hacen temblar toda la casa.

La dejó en una tumbona junto a la que habían colocado una mesa con bebidas frías y algo de comer. Emiliano estaba seguro de que Alfie se pasaría por allí de vez en cuando para asegurarse de que a Sienna no le faltaba de nada.

Ella se desató el pareo y lo dejó caer al suelo.

–Ten compasión, por favor.

Ella sonrió de manera descarada y muy femenina y se recogió el pelo en un moño mientras bajaba la mirada a su evidente erección.

–Hasta la vista, cariño.

Sienna se tumbó y empezó a ponerse crema por todo el cuerpo. Emiliano pensó que tenía que marcharse, pero antes la miró por última vez, clavando la vista en su vientre que comenzaba a estar redondeado. Sintió que se le cortaba la respiración.

Sí, estaba haciendo lo correcto. Ya solo tenía que asegurarse de que ella iba a aceptar.

Estaban dando las seis cuando Sienna oyó que llamaban con suavidad a la puerta de su dormitorio. Le dio la espalda al espejo y le encantó el modo en que el vestido blanco sin mangas que llevaba puesto flotaba a su alrededor. La razón le había hecho ponerse unas chanclas doradas en los pies aunque le habría gustado ir descalza. El camino que rodeaba la casa para llegar al embarcadero en el que tomarían la lancha que los llevaría hasta el yate de Emiliano era pedregoso y no quería arriesgarse a torcerse un tobillo o a caerse.

Se apartó el pelo moreno de los hombros, se puso unos aros de oro en las orejas y abrió la puerta.

Vio a Alfie vestido con una túnica blanca y unos pantalones oscuros.

–He venido a acompañarte –dijo, ofreciéndole el brazo.

Su sonrisa era tranquila, aunque la semana anterior Sienna había visto algo extraño en su mirada que había preferido no analizar. Sabía que Emiliano había dado, tanto a él como al resto del personal, una versión abreviada de su enfermedad y las instrucciones de que la cuidasen.

El camino que recorría el jardín y llevaba a la

playa estaba bordeado de antorchas. Los grillos cantaban entre las coloridas plantas y las palmeras se mecían suavemente con la brisa. Sienna intentó disfrutar de todo, aunque tenía el corazón acelerado solo de pensar en la velada que la esperaba.

En Emiliano.

Se había pasado la mayor parte del día al aire libre, pensando en los secretos que él le había revelado. Y en el secreto que albergaba su propio corazón.

Quería a Emiliano. Quería estar con él, que fuese suyo. Y no porque estuviese embarazada, sino porque reconocía y aceptaba sus sentimientos por él.

Emiliano la estaba esperando al final del embarcadero. Iba vestido con unos pantalones blancos de sport y mocasines. Llevaba la camisa blanca de lino remangada, dejando al descubierto sus fuertes antebrazos bronceados por el sol. La brisa lo había despeinado, dándole un aire disoluto que amenazó con hacer que Sienna perdiese la compostura.

Emiliano tenía la mirada clavada en ella y alargó las manos para tomar las suyas al verla llegar a su lado. Le besó ambas mejillas y a Sienna se le aceleró el corazón mientras él aspiraba descaradamente su aroma antes de meterle un mechón de pelo detrás de la oreja.

—Buenas noches, Sienna. Estás preciosa.

—Gracias —balbució ella mientras Alfie arrancaba la lancha.

El yate estaba a tan solo una milla. Era un barco

increíble, que brillaba bajo la luz del atardecer. Sienna ya había montado en él dos veces desde que habían llegado a la isla y le había encantado la experiencia.

No había hecho todavía una lista de cosas maravillosas, pero el yate habría estado entre las diez primeras, aunque, por supuesto, encabezada por el hombre que había apoyado la mano en su cintura para guiarla a bordo. En cubierta había una mesa para dos, adornada con un candelabro, con copas de cristal y cubertería de plata.

Uno de los empleados de Emiliano esperaba cerca y, a la señal de este, se acercó con dos cocos en los que habían servido un cóctel. Sienna bebió y gimió complacida al degustar la exótica mezcla de sabores.

De repente, el yate empezó a moverse. Iba a preguntar a dónde iban cuando recordó que era una sorpresa. Así que siguió a Emiliano, que la llevaba agarrada de la mano, hacia una barandilla con vistas a la puesta de sol.

—Es precioso –murmuró, maravillada.

—Sí que lo es.

Sienna se giró a mirarlo. Tenía la vista clavada en el horizonte, pero entonces la miró a ella y sonrió.

—Supongo que todavía no echas de menos Londres.

Ella estuvo a punto de contestarle que, a su lado, jamás echaría nada de menos, pero se contuvo. Le parecía demasiado pronto para expresarle sus sentimientos.

–No, todavía no, aunque estaba pensando que tal vez deberían hacerme una ecografía.

–¿Te encuentras mal?

–No –respondió ella enseguida–, pero según los libros sobre el embarazo, debería hacérmela.

–Si es lo que quieres, lo organizaré para que vengan a hacértela.

Ella sonrió.

–Ten cuidado, voy a pensar que quieres retenerme aquí, descalza y embarazada para siempre.

Emiliano la miró de arriba abajo.

–No sería mala idea.

Sienna se echó a reír. Él se rio también, pero su mirada era seria.

Terminaron las bebidas y se pusieron a charlar animadamente, continuaron mientras se sentaban a la mesa y disfrutaban de los calamares salteados y el pollo con arroz que los siguió. Sienna levantó la mirada, sorprendida, al ver que Emiliano se ponía en pie en cuanto les retiraron los platos.

–No te preocupes, querida, que vamos a tomarnos el postre allí.

Sienna siguió la dirección de su dedo y vio una playa desierta en la que había una enorme manta iluminada por dos antorchas altas.

Unos minutos después, Emiliano la llevaba en brazos por las aguas poco profundas hacia la playa. Alfie, que también había bajado del yate, dejó una nevera portátil junto a la manta y después volvió a bordo.

Ya en tierra, Sienna miró a su alrededor.

–¿Por qué tengo la sensación de que estamos solos? –le preguntó a Emiliano.

Él sonrió de medio lado.

–Porque lo estamos.

–¿A quién pertenece este lugar?

–A mí.

–¿Tienes dos islas en las Bahamas?

Él se encogió de hombros.

–En realidad, tengo cinco, pero ¿qué más da?

Abrió la nevera y sacó una sola cosa.

–¡Oh! –exclamó Sienna.

Emiliano se echó a reír.

–He pensado que te gustaría tomar helado de postre.

Ella tomó una cuchara con impaciencia.

–No sé cómo voy a sobrevivir sin él cuando regresemos.

–No te preocupes. Solo tienes que pedir todo lo que te apetezca y lo tendrás –le respondió Emiliano, dándole una ración de helado de mango con caramelo.

Comieron en silencio hasta que Sienna no pudo más. Entonces, Emiliano apartó la nevera y la abrazó.

Sienna llevaba toda la velada temiéndose que Emiliano continuase con su política de no tocarla y se sintió aliviada al comprobar que no.

–Gracias por esta noche. Ha sido maravillosa.

–De nada, querida.

Lo notó tenso y levantó la cabeza para mirarlo a los ojos.

–Hay algo más, ¿verdad?

—Sí.

—¿El qué?

—Ambos queremos lo mejor para nuestro hijo, ¿verdad?

Ella asintió con cautela.

—Por supuesto.

—En ese caso, pienso que deberíamos comprometernos de verdad.

Sienna tuvo que recordarse que debía continuar respirando, se apartó más de Emiliano para mirarlo mejor a los ojos y estar segura de que había oído bien.

—¿Comprometernos de verdad?

Él asintió con la mirada oscura. Se metió la mano en el bolsillo y sacó una caja de terciopelo negro con un logotipo muy conocido, pero a Sienna le interesaban más las palabras que iban a salir de sus labios. Palabras que la dejaron boquiabierta.

—Sí, Sienna. Te estoy pidiendo que te cases conmigo.

# Capítulo 9

CASARME contigo? –preguntó ella, aunque no necesitaba ninguna aclaración. Solo quería estar segura de que no estaba soñando.

–Sí, salvo que no te guste la idea –respondió Emiliano, todavía más tenso.

Sienna frunció el ceño.

–No, por supuesto que no. O eso creo. Aunque odio no poder acordarme...

Él la miró fijamente unos segundos y después asintió con decisión.

–Pregúntame lo que quieras saber.

Ella se puso de rodillas en la manta y lo miró a los ojos.

–¿Ya habíamos hablado antes de matrimonio?

–No.

–Entonces... ¿es por el bebé?

–Es por nosotros. Un frente unido.

–Eso suena más a unión militar que...

–¿Qué?

–Que... no sé... ¿Romántica?

–¿Piensas que falta romanticismo?

–No, no es eso.

Pero algo no estaba bien. Y, dado que Sienna

todavía tenía lagunas, no sabía si podía fiarse de su instinto. El Emiliano del que se acordaba no era un tipo abiertamente cariñoso, aunque la última semana le había mostrado una parte distinta de sí mismo. Una parte que a Sienna le gustaba todavía más que la anterior versión.

—¿Te hacen falta más palabras bonitas? —preguntó él en tono algo crispado.

—No, salvo que las sientas.

Emiliano suspiró.

—Pensé que estábamos en la misma onda.

—Y lo estamos, pero...

—¿No ves tu futuro casada conmigo?

—No pongas en mi boca palabras que yo no he dicho, Emiliano.

Él se pasó una mano por el pelo.

—Somos compatibles dentro y fuera del dormitorio. Ambos queremos lo mejor para nuestro hijo. Podremos superar cualquier obstáculo.

Dicho así, Sienna no tenía nada que objetar. Salvo la realidad de sus sentimientos, que todavía eran nuevos. Se preguntó si no debían ir más despacio.

Bajó la vista a la caja de terciopelo negro. Se humedeció los labios, el paso que iba a dar le resultaba emocionante y aterrador al mismo tiempo.

—¿Sienna? —dijo él, poniéndose de rodillas también.

—¿Y si recupero la memoria y recuerdo que roncabas más alto que yo?

Pensó que Emiliano se echaría a reír, pero su

mirada siguió siendo seria e intensa. La agarró de los codos un instante, luego pasó las manos por sus brazos desnudos.

–Cuando recuperes la memoria espero que me des la oportunidad de ofrecerte lo mejor de mí y que perdones los errores que haya podido cometer.

Ella abrió la boca, dispuesta a darle una respuesta.

–De acuerdo.

Emiliano contuvo la respiración.

–Di las palabras, Sienna. Necesito oírlas.

Ella tragó saliva, apoyó las manos en su pecho y añadió:

–Sí, Emiliano. Quiero casarme contigo.


Habría tenido que imaginarse que Emiliano se movería a la velocidad de la luz en cuanto hubiese obtenido la respuesta esperada. Habría tenido que saber que el beso que le iba a dar después del «sí» sacudiría los cimientos de su alma. Tendría que haber sabido que el anillo que había en la caja sería una de las cosas más bonitas que había visto jamás.

Dos días después todavía sentía el impacto de aquella decisión, en la habitación principal, envuelta en un sencillo vestido blanco de tirantes, con dos peluqueras que habían viajado desde Miami intentando arreglarle el pelo.

En el jardín habían instalado un bonito arco nupcial y el reverendo esperaba a que empezase la boda.

«Su boda».

Le había pedido a Emiliano que esperasen, pero su respuesta había sido:

–¿Para qué? A mí solo me hace falta Matías y yo soy lo único que tú necesitas.

Y la afirmación, si bien arrogante, era cierta, así que Sienna había tenido que acceder a una boda inminente.

Miró el impresionante anillo de pedida que llevaba en el dedo. No había podido dejar de admirarlo desde que Emiliano se lo había puesto. Y en breve tendría otro símbolo todavía más profundo de su compromiso.

Apartó la vista del diamante en forma de corazón y dijo entre dientes:

–Dejadlo suelto.

–¿Qué? –preguntó la peluquera de más edad.

–A Emiliano le gusta que lleve el pelo suelto –respondió ella, sonriendo para ocultar su impaciencia.

Las dos mujeres intercambiaron miradas, empezaron a buscar en la maleta que habían llevado y sacaron por fin una delicada tiara de diamantes.

Ella asintió, así que le cepillaron la larga melena morena y le colocaron la tiara. La maquillaron ligeramente y estuvo preparada.

Bajó las escaleras sintiendo un intenso cosquilleo en el estómago y dos calas unidas con un lazo de terciopelo blanco en la mano. Su olor la tranquilizó un poco mientras recorría el salón y salía a la terraza, aunque nada podría contener su emoción por mucho tiempo.

Iba a unir su vida a la de un hombre poderoso y

formidable, y lo hacía sobre todo por su bebé. Aunque no podía negar que ella también sentía algo, que sentía más con cada día que pasaba.

Salió al jardín, lo vio y se sintió hipnotizada por su intensa mirada, dispuesta a decir las palabras que la unirían a él para siempre.

Para siempre con Emiliano Castillo.

Él iba vestido con un traje gris y camisa blanca, era muy alto... Todo un macho alfa que controlaba plenamente su dominio.

A Sienna se le cortó la respiración. Él frunció el ceño y la agarró de la mano, Sienna no supo si lo hizo para tranquilizarla o para evitar que saliese huyendo. Y prefirió no darle demasiadas vueltas.

El sacerdote se aclaró la garganta. Intercambiaron votos y anillos. Se hicieron las bendiciones.

Sienna se puso a temblar al ver que Emiliano se acercaba más a ella y hundía los dedos en su pelo.

—Ya eres mía, Sienna Castillo —murmuró contra sus labios.

—Y tú mío —respondió ella.

—Sí —dijo Emiliano con satisfacción antes de besarla apasionadamente.

Sienna oyó aplausos y abrazó a Emiliano por la cintura.

Un mero segundo y una eternidad después, él la soltó, pero su ávida mirada prometía que pronto le daría mucho más.

Se sirvió champán, y agua con gas para ella, los felicitaron, y entonces echó a andar con Emiliano por su playa privada, donde la impresionante puesta de sol le quitó el aliento del mismo modo que el hombre que la llevaba de la mano.

Su marido.

Él se había quitado la chaqueta y se había remangado la camisa. Su aspecto era informal, pero imponente al mismo tiempo. Los nervios hicieron que a Sienna se le escapase una carcajada nerviosa.

–¿Qué es lo que te resulta tan gracioso? –le preguntó Emiliano, deteniéndose a su lado.

–No me puedo creer que esté casada –respondió ella en un susurro.

Él se giró a mirarla, le levantó la barbilla y le dijo:

–Créelo. Estás casada. Conmigo. Y esta noche te haré mía otra vez.

Ella se estremeció, sintió deseo.

–¿Estás preparada, Sienna?

–Sí, esposo mío –respondió.

Al llegar al final de la playa y entrar en el jardín, Emiliano tomó una manguera, le pidió que se levantase el vestido y le lavó la arena de los pies. Ella se apoyó en su hombro y sintió que no podía desearlo más.

Una vez en casa, a los pies de las escaleras, Emiliano la tomó en brazos para llevarla al dormitorio de ambos.

Allí le bajó la cremallera del vestido y dejó que la prenda de satén cayese a sus pies, dejándola solo con un sujetador de seda sin tirantes y unas braguitas a juego.

–Eres preciosa –susurró.

–Me siento preciosa. Ahora mismo. Contigo.

–Eres preciosa, siempre –insistió él, tomando sus manos y besándoselas.

Luego le desabrochó el sujetador y entonces la devoró con la mirada.

Hundió los dedos en su pelo y la besó en la frente, en los párpados, en las mejillas. En todas partes menos donde ella más lo necesitaba.

Sienna lo abrazó por la cintura.

–Bésame, por favor.

Él le concedió aquel deseo y más.

El sol ya se había puesto en el horizonte cuando por fin la tumbó en la cama, encendió las lamparitas y se apartó para desnudarse también.

De repente, Sienna se puso nerviosa. Sus recuerdos acerca de cómo habían hecho el amor eran incompletos, la idea la hacía ponerse nerviosa. ¿Y si lo decepcionaba?

Él se tumbó a su lado y empezó a acariciarla y besarla por todo el cuerpo.

–¿Emiliano?

–¿Sí, qué te pasa?

–Enséñame... enséñame a complacerte –balbució.

–Ya sabes hacerlo, pero si quieres estar segura...

Tomó su mano, besó la palma y después se la llevó a la erección.

–... con esto casi lo habrás conseguido.

Luego siguió acariciándola y la besó apasionadamente. A Sienna se le llenaron los ojos de lágrimas cuando bajó a darle un beso en el vientre.

Entonces, Emiliano le quitó las braguitas con impaciencia. Le separó los muslos y la acarició antes de volver a bajar la cabeza para besarla íntimamente.

La llevó al clímax con su pericia y Sienna todavía estaba sacudiéndose de placer cuando Emiliano subió a besos por su cuerpo. Al llegar a los labios, Sienna le mordió el inferior y aprovechó su sorpresa para hacer que ambos cambiasen de posición.

Lo besó en los pectorales y pasó la lengua por sus pezones. Al ver que se estremecía, repitió la operación una y otra vez, hasta que Emiliano, con manos firmes, volvió a tumbarla en la cama.

La miró a los ojos y la penetró poco a poco, lentamente.

La poseyó completamente con cada empellón y ella se aferró a su cuerpo y notó cómo iba aumentando el placer.

Llegó al clímax antes que él, pero Emiliano no tardó en seguirla.

Él todavía le estaba hablando entre murmullos cuando Sienna cayó en un profundo sueño.

No supo qué la había despertado. Tal vez la tensión que irradiaba el cuerpo de Emiliano incluso desde la otra punta de la habitación. O el inquietante sueño en el que había tratado de agarrar su mano, sin éxito, durante una tormenta.

Fuese lo que fuese, se despertó con el corazón acelerado y con una sensación muy distinta a aquella con la que se había dormido.

–¿Qué ocurre?

Él se giró, se pasó los dedos por el pelo.

No respondió de inmediato y Sienna tuvo la sensación de que estaba intentando encontrar las palabras adecuadas.

—¿Matías?

Emiliano negó con la cabeza.

—No. Es una situación en Argentina. Voy a tener que ir personalmente.

—¿Y cuándo volverás? Porque me imagino que querrás viajar solo.

Él se acercó a la cama, se metió en ella, la abrazó y entonces respondió:

—Todo lo contrario, ya va siendo hora de que nos enfrentemos al mundo. Juntos.

# Capítulo 10

DEJARON la isla tres días después, cuando Emiliano se hubo asegurado de que la información que había recibido acerca de las prácticas de Rodrigo Cabrera era correcta.

Tenía que saldar la deuda que tenía con su hermano. Y no iba a permitir que sus padres y Rodrigo Cabrera continuasen pensando que podían manipular la vida de Matías y la suya.

Ya en su avión privado, terminó una llamada y volvió a la zona principal.

Sienna estaba hecha un ovillo en el sofá, tapada con una manta de cachemir. Se sentó a su lado y su mano se movió casi sola a meterle un mechón de pelo detrás de la oreja.

Por un instante, se preguntó si la habría agotado de tanto hacerle el amor desde su noche de bodas, pero recordó que ella había disfrutado tanto como él.

Si tres meses antes le hubiesen dicho que su relación iba a alcanzar otro nivel de intimidad todavía más alto, no lo habría creído, pero los tres últimos días habían sido increíbles. No obstante, la intimidad no solo había aumentado en el dormitorio, sino también en el resto de facetas de sus vidas, y eso lo inquietaba.

La noche anterior, Sienna había tenido una pesadilla y él se había quedado despierto a su lado, charlando acerca de su futuro hijo. En el pasado casi solo habían hablado de trabajo o de temas triviales.

Pero todavía había un asunto con el que lidiar cuando ella recuperase la memoria: el de las semanas que no habían estado juntos. No sabía si Sienna seguiría siendo la misma entonces, ni si sus sentimientos continuarían siendo mutuos.

—¿En qué piensas, cariño? —murmuró Sienna, todavía medio dormida.

—Estoy tramando algo, vuelve a dormirte.

Ella hizo una mueca y se sentó.

—Tu gesto me ha quitado el sueño. Dime en qué estabas pensando. Tal vez pueda ayudarte.

Emiliano apartó la mirada de su rostro y eligió sus palabras con cuidado.

—Mis padres hicieron negocios con un supuesto amigo que es un empresario despiadado y ahora están al borde de la bancarrota.

—Qué desastre.

—Exacto. Mi padre, por mucho que lo niegue, no tiene ni idea de negocios. Y su estrategia para solucionar este problema ha sido la equivocada desde el principio.

—¿Y tú sabes qué hacer?

—Por supuesto. Siempre se puede hacer algo.

Ella se rio de manera muy sexy.

–Me alegra no tenerte como oponente.

Emiliano se puso en pie y fue a sentarse a su lado en el sofá.

–Sería un placer tenerte como oponente e idear lo que iba a hacerte cuando te ganase.

Sienna arqueó una ceja.

–¿De verdad? Para cuando te dejase ganar, estarías tan cansado que no podrías hacerme nada.

–¿Me estás retando?

Ella se ruborizó y bajó la mirada.

–Solo estoy diciendo una obviedad. No necesito memoria para saber que no me acobardo en una sala de juntas.

–Ni en una sala de juntas ni en ninguna parte.

Sienna sonrió de oreja a oreja.

–Gracias.

Alfie se aclaró la garganta, acababa de acercarse con una bandeja.

–Me voy a poner gorda –protestó Sienna al ver la comida.

–Es un privilegio cuidar de ti mientras tú cuidas de nuestro hijo –le respondió Emiliano.

La mirada de Sienna se nubló un instante y él se preguntó si habría dado un paso en falso, pero entonces la vio sonreír de nuevo mientras Alfie le servía la comida.

Se excusó y volvió a su despacho a terminar de atarlo todo antes de aterrizar en Buenos Aires. La última vez que había estado en Argentina no había ido lo suficientemente preparado y no iba a cometer el mismo error dos veces.

Trabajó durante las cuatro horas siguientes, pero no pudo dejar de pensar en la mirada de Sienna. Se preguntó si no se sentiría bien cuidada.

Se levantó de su escritorio y volvió hacia el salón. La vio otra vez sentada en el sofá, leyendo. Y se le encogió el pecho.

Ella levantó la cabeza y sonrió.

A pesar de la sonrisa, su mirada era triste. Había algo de lo que necesitaban hablar.

—¿Emiliano? —lo llamó Sienna, ladeando la cabeza.

Él se acercó y juró entre dientes cuando el copiloto salió de la cabina para anunciar que aterrizarían en quince minutos.

Se sentó al lado de Sienna y ambos se abrocharon el cinturón de seguridad.

—Luego hablaremos, querida. Cuando todo esto se haya terminado, ¿de acuerdo?

Ella asintió con cautela.

Había llegado el momento de poner las cosas claras, pero Emiliano quería ocuparse antes de Cabrera.


La mansión de Córdoba, que tenía su propio lago e incluso una cascada, era preciosa y enorme.

—¿Cuándo fue la última vez que viniste aquí? —le preguntó Sienna mientras Emiliano se la enseñaba.

—Hace dos años. Aunque Matías la utilizaba siempre que venía a la ciudad.

Ella sonrió.

–Me alegro. Es una pena que un lugar así esté vacío.

Cuando llegaron al dormitorio, cerraron la puerta y se desnudaron. Después, Sienna lo siguió hasta el cuarto de baño. Se apoyó en la pared de la ducha y dejó que Emiliano la lavase, y que después la envolviese en una cálida toalla y la llevase a la cama. Se le estaban cerrando los ojos cuando él se metió entre las sábanas también.

–Servirán la cena cuando hayas descansado. Yo no sé cuándo voy a volver. No me esperes levantada.

Ella asintió, aturdida, cansada.

–A por ellos –murmuró.

–Por supuesto. Descansa.

No fue capaz de descansar.

Y siguió así durante casi una semana. Con Emiliano inmerso en la situación de sus padres, Sienna se pasaba el día prácticamente sola. Podía nadar, ir a los establos a ver a los caballos o pasear por el jardín que el ama de llaves, Blanca, cuidaba con esmero.

Pero, a pesar de la actividad física, cuando se metía en la cama no podía dormir.

Un día entró en la cocina y pidió a Alfie papel y lápiz.

–¿Vas a hacer una nueva lista? –le preguntó él, y después añadió–: Lo siento.

–No pasa nada. Ya me ha contado Emiliano que tenía la costumbre de hacer listas.

Se sentó allí y decidió que la primera lista sería de

nombres de bebés y estaría dividida en nombres de niñas y de niños.

Después hizo una lista de las cosas que necesitaría el bebé.

En algún momento, Alfie le puso delante un plato de pollo a la plancha y ensalada de patatas, que casi había terminado con su tercera lista.

Un reloj dio las once. Empezó a pensar en Emiliano, pero intentó evitarlo.

Bajó la vista y se dio cuenta de que en la libreta que tenía delante había escrito: *Emiliano* y después, subrayado: *No enamorarse*.

Volvió a la cama y todavía estaba despierta cuando oyó llegar un coche. Se sentó en la cama y esperó.

—¿Qué tal ha ido? —preguntó al ver entrar a Emiliano.

—He puesto las cartas sobre la mesa. Y he lanzado alguna amenaza. Espero obtener algún resultado en las próximas doce horas.

—¿Cómo lo has hecho? —preguntó Sienna, consciente de que Emiliano le había contado muy poco de lo que estaba ocurriendo en los últimos días.

Él dudó un instante, se quitó la chaqueta y la dejó en una silla. A ella se le aceleró el corazón.

—Los hombres como Cabrera funcionan por avaricia. Así que me he puesto en contacto con los principales accionistas de sus empresas más lucrativas, y después le he hecho saber que, si no deja a mis padres en paz, haré de su vida un infierno.

—Vaya.

Él se frotó la mandíbula.

—Sí, vaya.

—Pues no te veo muy contento.

—Cabrera es muy escurridizo y, además, la idea de pasar tiempo con mis padres me quita la alegría.

—¿Pasar tiempo con tus padres?

—Van a venir a cenar mañana, para hablar de Matías.

—Si no te gusta la idea, ¿por qué has accedido?

—Por Matías.

—Pero ¿por qué los has invitado a cenar?

—Porque, además, quieren conocerte.

—¿A mí? ¿Por qué? —preguntó Sienna sorprendida.

—Para satisfacer su curiosidad y espero que para poder enfrentarse a la realidad.

—¿Saben... que estoy embarazada y que tuve un accidente?

—Saben que te estás recuperando, no he visto la necesidad de hablarles del bebé. Mis padres nunca se interesaron por mí, así que no quiero que se interesen por su nieto.

Su tono era firme. Amargo.

Emiliano agachó la cabeza y le dio un beso en los labios.

—Dado que has tenido el detalle de esperarme despierta, belleza, no voy a desaprovechar la oportunidad.

Sienna se dijo que ya intentaría salvaguardar sus sentimientos al día siguiente. Esa noche necesitaba volver a hacer el amor con su marido.

# Capítulo 11

¿ESTÁS haciendo una lista? –preguntó Emiliano divertido antes de darle un beso en la frente.

–Si te dieran menos de veinticuatro horas para organizar tu primera cena con tus suegros, tú también harías una lista.

Él se puso serio.

–No son tus suegros, excepto de nombre. Y no te preocupes. Alfie y Blanca se ocuparán de todo.

–Prefiero mantenerme ocupada, así no me preocupo tanto.

–Sienna...

–Ya está decidido. El chófer va a llevarme con Blanca de compras. Así practicaré mi español.

–No estoy de acuerdo. Prefiero que te quedes en casa y te des un baño en la piscina. Puedes hablar en español conmigo.

Sienna se había despertado con el corazón encogido solo de pensar en que iba a conocer a los padres de Emiliano, que habían rechazado a su hijo.

–Es una oferta tentadora, pero voy a ir de compras –insistió.

–Estoy empezando a pensar que tenía que haber reservado mesa en un restaurante para esta noche –comentó él, molesto.

Se oyeron pasos y el ama de llaves entró en la cocina.

–Pues ya es demasiado tarde –dijo ella, echando a andar hacia la puerta.

–Espera –le ordenó él–. Dame un beso.

Sienna tomó aire y se acercó. Se puso de puntillas y le dio un rápido beso. Él no la soltó.

–Con más sentimiento –añadió.

Y la agarró de la nuca para devorarla.

Cuando terminó, Sienna jadeaba y él la miraba con arrogante satisfacción. Aturdida, vio cómo Emiliano le ofrecía una tarjeta de crédito.

–Pásalo bien –le dijo–. Y Alfie os va a acompañar. Eso no es negociable.

Sienna retrocedió y casi no fue consciente del viaje hasta la ciudad.

–¿Estás bien, Sienna? –le preguntó Alfie desde el asiento del copiloto.

Ella intentó sonreír, pero no fue capaz. Porque no estaba bien. Después de aquel último beso, no podía seguir negándolo más.

Estaba completamente enamorada de Emiliano.

–¿Sienna?

–Estoy bien.

«Ya te gustaría».

Pero se negó a darle la razón a la vocecita interior que se burlaba de ella y levantó la barbilla. Sí. Iba a estar bien. Si se había casado con él era porque quería que aquella unión funcionase. Por su bebé y también por ella misma.

Si el padre del niño no la correspondía...

Se le cortó la respiración solo de pensarlo. Sintió un zumbido en los oídos. Aturdida, oyó cómo Alfie le pedía al chófer que detuviese el coche.

–No, estoy bien, estoy bien –protestó ella.

Iba a estar bien. Por su bebé, tenía que estar bien.

Se obligó a mirar por la ventanilla para descubrir el centro de Córdoba que, como en muchas otras metrópolis, estaba lleno de edificios nuevos, aunque ella prefería los antiguos. A su lado, Blanca le fue señalando orgullosa iglesias de piedra, plazas llenas de turistas, la sede de la UNESCO.

Sienna sonrió y asintió, consciente de las miradas de soslayo de Alfie. Casi se sintió aliviada cuando por fin llegaron al mercado.

Después de comprar todo lo necesario para la cena, pararon en una calle llena de boutiques por expreso deseo de Emiliano.

En una de ellas, Sienna encontró un vestido morado, muy elegante y no demasiado ajustado.

El vestido le sentaba como un guante, pero era muy caro. Sienna todavía estaba dudando cuando salió del probador, ya con su propia ropa y oyó que una de las dependientas decía:

–Sí, señora Castillo. Inmediatamente.

Sienna frunció el ceño. No sabía si el apellido Castillo era muy común en aquella parte de Argentina.

La señora se comportaba como toda una diva y Alfie puso los ojos en blanco al ver salir a Sienna, así que ella decidió pagar el vestido cuanto antes y marcharse de allí.

–Lo siento, señorita Cabrera –dijo una de las empleadas de la tienda.

Sienna vio a dos mujeres sentadas en la zona VIP, bebiendo champán.

La más joven la vio también. Fijó la vista en ella, sorprendida, y luego susurró algo a la otra mujer. Ambas volvieron a mirarla con curiosidad.

La señora mayor se puso en pie primero. Sienna no tardó en darse cuenta de que era la madre de Emiliano. Tenían los mismos ojos. Los mismos labios.

–¿Cómo te llamas?

–¿Disculpe? –respondió Sienna.

La otra mujer resopló.

–Soy Valentina Castillo y mi amiga piensa que podemos tener una persona en común. Solo quería comprobar si era cierto –dijo en tono altivo.

La otra mujer, más joven y de una admirable belleza, se acercó también.

–Eres Sienna Newman, ¿verdad? –le preguntó.

–Sienna Castillo –la corrigió ella.

Las dos mujeres intercambiaron miradas y Alfie puso gesto de preocupación, pero ella prefirió concentrarse en la madre de Emiliano, buscando desesperadamente en ella algún signo de humanidad que no logró encontrar.

–Y, si por esa persona en común se refiere a Emiliano Castillo, sí. Encantada de conocerla, señora Castillo.

–Eso ya lo veremos, querida –replicó la otra mujer, bajando la vista al vestido y a la tarjeta de crédito que Sienna llevaba en la mano.

Sienna deseó guardarse la tarjeta, aunque fuese demasiado tarde, y se dijo que, al llegar a casa, tendría que averiguar dónde estaban sus propias tarjetas de crédito. No obstante, se dijo que no tenía de qué avergonzarse.

En cualquier caso, también tuvo que admitir que en la mirada de Valentina había algo inesperado: miedo.

—Hasta esta noche —dijo la señora—. Espero que no te incomode tener que intentar complacernos.

—Su hijo se enorgullece de tener siempre lo mejor de todo. No se preocupe, la cena saldrá bien.

Sienna vio cómo la otra mujer hacía una pequeña mueca antes de volver a sonreír.

—En ese caso, estoy deseando conocerte mejor. Vámonos, Graciela —terminó, dirigiéndose a la otra mujer en tono cariñoso.

Graciela Cabrera la siguió, pero al llegar a la puerta se giró y le dijo a Sienna:

—Espero que volvamos a vernos, pero, si no es así, deberías saber que Emiliano es un hombre maravilloso. Cuídalo bien.

Sienna se quedó boquiabierta.

—Yo... Gracias.

Graciela asintió antes de marcharse.

—¿Qué ha pasado? —preguntó Alfie.

—No tengo ni idea —murmuró Sienna, sintiendo una punzada de dolor.

Aunque su dolor no era comparable al que sentía por Emiliano. No había creído posible que una madre pudiese ser tan fría. Tras conocer a Valentina

Castillo, Sienna tenía la sensación de que la señora era todo fachada, y se quedó con la esperanza de poder hacer algo por su marido.

Y con respecto a Graciela...

Se llevó una mano a la cabeza, que le dolía cada vez más.

—¿Qué tal si nos marchamos de aquí? —le sugirió Alfie.

—Sí, buena idea.

Les empaquetaron y cobraron el vestido y al entrar en el todoterreno Sienna tuvo la sensación de que su vida había cambiado, pero no sabía por qué.

Al igual que el viaje de ida, el de vuelta también pasó casi sin que se diese cuenta. Al llegar a la finca, lo primero que vio fue a Emiliano con gesto disgustado.

—Tengo entendido que has conocido a mi madre —rugió, tomando sus manos y mirándola a los ojos.

—Sí, he tenido el placer. Y estaba con ella Graciela Cabrera.

—¿Y qué te ha dicho?

—¿Graciela? Ha sido muy agradable. Tu madre...

Se interrumpió porque prefería no hablar de manera negativa de Valentina Castillo.

De repente, se dio cuenta de lo que sentía por aquel hombre y no pudo seguir mirándolo a los ojos sin miedo a traicionarse. Apartó las manos de las suyas y añadió:

—Supongo que el encuentro la ha sorprendido tanto como a mí.

Él resopló, molesto.

–No hace falta que pongas excusas por ella, no te voy a hacer más preguntas.

–Gracias –murmuró Sienna–. Voy a ver si Blanca necesita ayuda.

–No –le contestó Emiliano–. Tienes prohibida la entrada a la cocina hasta nueva orden.

–Pero...

–No tiene sentido discutir, querida. Ven.

Sin esperar su consentimiento, la agarró del codo y la llevó al salón para que se sentase en el sofá.

–Lo mejor sería cancelar lo de esta noche –dijo entonces Emiliano.

–No, no lo hagas. Tu madre pensaría que ha sido culpa mía.

–No me importa lo que piense. Y a ti tampoco debería importarte.

–Pero me importa que eso pueda afectar a Matías. Una vez que hayan satisfecho su curiosidad, ya no tendrán ningún fundamento serio.

Emiliano suspiró, asintió, y empezó a masajearle los pies. Y ella se mordió la lengua para no expresar lo que sentía.

Aunque... ¿qué era lo peor que le podría pasar?

Que Emiliano la rechazase, que rechazase su amor.

Así que guardó silencio.

Una hora después, Emiliano se levantó y le tendió la mano para llevarla hasta la habitación. Se ducharon y, para sorpresa de Sienna, Emiliano no intentó hacerle el amor. Ella se dijo que era lo mejor e intentó entretenerse poniéndose guapa.

Todavía en silencio, bajó al piso inferior, donde estaban terminando con los preparativos para la cena. Un Mercedes se detuvo ante la puerta, pero los padres de Emiliano tardaron un minuto más en aparecer. Sienna empezó a sentirse enfadada por él. Entrelazó los dedos con los suyos, pero Emiliano no la miró, estaba concentrado en el vehículo.

Cuando la puerta se abrió y salió un hombre, Sienna se llevó una gran sorpresa.

Se había imaginado que sería la versión masculina de Valentina, pero aquel hombre parecía menos... rígido, más manejable. Sienna se dijo que su objetivo aquella noche sería dar de comer y de beber a Valentina y a Benito Castillo, y convencerlos de que hiciesen lo correcto en lo relativo a su hijo mayor.

Así que siguió a Emiliano al salón, donde Alfie esperaba para servir las bebidas.

Los dos hombres se decantaron por el whisky, Valentina quiso una copa de vino blanco y Sienna, un refresco de limón. Charlaron durante unos eternos minutos y entonces su suegra la miró fijamente y le dijo:

—Ese vestido te sienta muy bien. Estás... radiante.

A su lado, Emiliano se puso tenso, pero Sienna sonrió.

—Gracias. Permita que le devuelva el cumplido.

Valentina puso gesto de sorpresa y después miró a su hijo. Sienna respiró por fin.

Poco después, Benito se aclaró la garganta:

—En lo relativo al tema de Cabrera...

–Ya me he ocupado de eso. No debería volver a ser un problema. La finca vuelve a ser propiedad de los Castillo.

Sus padres se miraron aliviados, pero Valentina apretó los labios.

–Te lo agradeceremos eternamente, por supuesto, pero yo no puedo evitar pensar que podríamos habernos evitado muchos disgustos si hubieses cumplido tu palabra desde el principio.

Emiliano respiró hondo.

–Sé que no sabéis lo que significa la palabra «agradecimiento», y prefiero que no hablemos de temas que forman parte del pasado.

Valentina dio un sorbo a su copa y añadió:

–Por supuesto. Lo comprendo. Ahora que estás casado, no sería de buen gusto por mi parte sacar ese tema de conversación.

A Sienna le dio un vuelco el corazón.

–¿Qué... qué significa eso? –preguntó.

–Significa que fuesen cuales fuesen las descabelladas ideas que tenían mis padres para salir airosos de la situación, no van a tener que ponerlas en práctica porque ya me he ocupado yo de Cabrera. ¿Está claro?

–Somos tus padres, Emiliano. ¡Un poco de respeto! –declaró su madre.

Emiliano se puso en pie.

–No voy a permitir que se me reprenda en mi propia casa. Creo que no habéis entendido lo que he querido decir con lo de que la finca es propiedad de los Castillo. La finca es mía. Parte de mi acuerdo con Cabrera ha consistido en que he comprado sus acciones. A partir de esta tarde, el setenta y cinco por ciento del negocio es mío, y lo supervisaré hasta que Matías vuelva. Después, le transferiré el control a él.

Tanto Benito como Valentina lo miraron con sorpresa.

—¿Eres capaz de hacernos eso? –preguntó su madre, que fue la primera en recuperarse.

—Ya está hecho –respondió él.

Alfie se asomó a la puerta.

—Creo que la cena está servida –añadió Emiliano–. Mientras comemos, me diréis cuándo les vais a pedir a los médicos que saquen del coma a mi hermano. Si no llegamos a un acuerdo de aquí al postre, ya podéis ir despidiéndoos de vuestra querida finca.

La cena fue un desastre. La mayor parte pasó en silencio, con Benito y Valentina resoplando. La expresión de Benito fue cambiando, de la reflexión a la aceptación, para terminar en el respeto.

Emiliano dejó por fin su tenedor en el plato.

—¿En qué estás pensando? –le preguntó a su padre.

—No estaríamos en este lío si no fuese por la obsesión que tu madre tiene con los Cabrera. Por suerte, hemos salvado la finca. Así que haremos lo que tú quieras. Y, cuando Matías vuelva, él dirigirá el negocio sin interferencia alguna por nuestra parte.

Valentina dio un grito ahogado, evidentemente enfadada con su marido, pero después se dio cuenta de que no tenían alternativa y añadió:

–Haremos lo que dice tu padre. Quiero que sepas que hemos hablado con los médicos de Matías esta mañana y... estaban esperanzados.

–Bien. En ese caso, está decidido.

Sintiéndose incómoda, Sienna decidió salir de escena.

–Voy a ver cómo va el postre.

Como era de esperar, Blanca lo tenía todo bajo control. Ella salió al jardín y aspiró el aire fresco y limpio que, por desgracia, no la tranquilizó. Tenía una terrible premonición.

Oyó pasos a sus espaldas y se giró.

Era Valentina, que tenía la mirada clavada en su vientre.

–¿Es así como le has hecho cambiar de opinión? –inquirió–. No te molestes en negarlo. No bebes alcohol y he visto cómo te mira mi hijo.

–No sé a qué se refiere. ¿Cambiar de opinión sobre qué? –preguntó.

–Ah, por supuesto, no te acuerdas. Ya no importa, ahora que está casado.

–Su hijo le importa. ¿Por qué lo trata así? ¿Por qué no se lo demuestra? –inquirió Sienna.

–No trato a Emiliano de ninguna manera –replicó Valentina.

–¿Cuándo fue la última vez que le dijo que lo quería, o que estaba orgullosa de él?

–Emiliano no necesita que yo le diga eso. El vínculo que compartimos es lo suficientemente fuerte.

–¿De verdad? Yo no lo sé. Crecí sin madre.

–¿Y se supone que con eso vas a darme pena?

Sienna la miró fijamente antes de negar con la cabeza.

—No, pero le aseguro que su hijo necesita que se lo diga.

—No pienses que me conoces lo suficiente como para darme lecciones.

—De acuerdo. Ahora, ¿me puede decir por qué ha dicho eso de «ahora que está casado»?

—Me han prohibido hablar de ello. Además, no sé si serás lo suficientemente fuerte para soportar la verdad.

—¿Qué verdad?

—Está bien. Emiliano estuvo comprometido con Graciela Cabrera hace un par de meses. Iban a casarse al mes que viene, el Día de San Valentín. Benito piensa que estoy obsesionada con el tema, pero yo solo quiero lo mejor para mis hijos. Y Graciela habría sido una buena esposa para él.

—Eso... es mentira —balbució Sienna.

—Si no me crees, pregúntaselo.

A Sienna no le hacía falta. Porque lo sabía. Lo había sabido desde el principio. Sintió una punzada en la cabeza y se llevó las manos a las sienes.

Se tambaleó hacia delante, alargó la mano para buscar algo a lo que sujetarse. Sintió otra punzada de dolor. Gritó al notar que se le nublaba la mirada.

Pensó en su bebé. ¡Oh, su bebé!

Oyó un fuerte ruido de pasos a sus espaldas, unas manos la agarraron.

—¿Se puede saber qué le has hecho? —fue lo último que oyó.

Se despertó en el sofá, con Emiliano agachado a su lado, muy serio, agarrándole la mano.

–Sienna –le dijo con voz ronca, suplicante, desesperada.

Ella no podía mirarlo. Le dolía demasiado. Así que miró hacia donde estaban Valentina y Benito, discutiendo.

–¡Basta! –exclamó Emiliano–. Mi esposa está así por vuestra culpa. Alfie os acompañará a la puerta.

Ella negó con la cabeza y el dolor aumentó.

–Te equivocas. Tus padres no tienen la culpa. He recuperado la memoria, Emiliano. Me acuerdo de todo. Y esto... esto es todo por ti.

# Capítulo 12

TENEMOS que hablar, Sienna.

Habían pasado tres días desde que había recuperado la memoria y recordaba la traición de Emiliano, que le había roto el corazón en un millón de pedazos.

Había accedido a que la viese un médico y a guardar reposo por su bebé.

Respiró hondo, apartó la mirada de la ventana y lo miró a él.

—Deberías estar en la cama.

—Debería estar a miles de kilómetros de aquí. Lejos de ti.

Él apretó la mandíbula.

—Yo no te mentí, pero no podía contarte toda la verdad porque podía causar daños irreparables.

—¡Tergiversaste la situación a tu antojo!

—¿A mi antojo? Solo pensé en mi hermano. Y en el futuro de mi hijo.

Sienna se llevó una mano al vientre.

—A este niño no le va a faltar de nada. Y, con respecto a Matías, tengo entendido que le hiciste una promesa que tenías que cumplir. Hiciste planes sin tener en cuenta nuestra relación. Planes con otra mujer. Y salisteis en los periódicos de todo el mundo.

–No pretendía casarme con ella, pero me pidió ayuda para hacerle frente a su padre...

–¡Me da igual! Me hiciste daño. Y, cuando intenté que hablásemos de ello, te marchaste.

–Porque tú tampoco me querías escuchar a mí.

–Estuviste seis días en Argentina y no me llamaste en ningún momento para contarme lo que estaba pasando.

–¿Cómo habrías reaccionado si lo hubiese hecho?

–Supongo que ya nunca lo sabremos.

–No te lo conté porque era una situación absurda, a la que no podía encontrar una solución inmediata sin decepcionar a Matías.

–¿Así que decidiste decepcionarme a mí?

–No, decidí esperar a estar contigo para contártelo, pero...

–¿Pero?

–Intenté ponerme en tu piel, pensar cómo me sentiría si me dijeses que te habías comprometido con otro hombre.

–¿Y?

–Era tu cumpleaños. Quería que disfrutases de la velada, así que decidí esperar hasta el día siguiente para explicártelo, pero la prensa se me adelantó.

–¿Y pensaste que la mejor solución era romper conmigo?

–Pensé que era mejor intentar encontrar otra solución. Y, además, no rompí contigo. Lo nuestro no se había terminado. No se va a terminar jamás.

—Ahora solo te sientes culpable porque estoy embarazada.

—¡Eso no es verdad!

—¿Me habrías pedido que me casase contigo si no lo estuviese? ¿O solo lo hiciste para proteger tu posición cuando el niño naciese?

Él apretó los labios.

—Vamos a tener un hijo juntos. Lo más natural es que demos el siguiente paso.

—No voy a permitir que te sacrifiques por mí —respondió Sienna con el corazón roto.

—¡Por el amor de Dios! No es un sacrificio.

Ella retrocedió un paso. Luego otro.

—Llámalo como quieras, pero yo no lo quiero.

Emiliano la miró con sorpresa, después con determinación.

—No lo quieres. Bien, explícame qué quieres entonces.

—Quiero el divorcio —replicó ella por impulso, sabiendo que Emiliano no estaba allí por amor.

—No vamos a romper un matrimonio por un simple desacuerdo —la contradijo él muy serio.

—Para mí no es simple. Me casé contigo porque no me acordaba del daño que me habías hecho, Emiliano. Ya no puedo confiar en ti.

—Me da igual, yo soy responsable de ese niño. No vamos a romper porque tú te sientas dolida. Acordamos hacer lo que fuese mejor para el bebé. Y eso no ha cambiado.

—No puedes obligarme a quedarme aquí. Ni puedes mantener algo que nunca tuviste en realidad.

Él la miró como si acabase de recibir un golpe en el estómago. Respiró hondo.

Y después, sin decir palabra, se marchó.

El círculo se había cerrado.

Sienna recorrió con la mirada el piso que había alquilado y decorado ella misma, pero se sentía aturdida. Llevaba dos semanas allí y seguía teniendo la sensación de estar en casa de un extraño.

Su vientre estaba cada vez más redondeado y el tiempo iba pasando, pero ella seguía sintiéndose igual de dolida.

A la mañana siguiente de su discusión, durante el desayuno, y ante la negativa de Emiliano a hablar de divorcio, finalmente habían optado por la separación.

Y ella todavía no podía entender por qué se había casado Emiliano con ella si no la quería.

Sienna tomó su ordenador portátil, se sentó en el sofá y entonces oyó que sonaba su teléfono.

David Hunter.

—Hola, David.

—¡Sienna! Qué alegría oír tu voz. Pensé que me iba a saltar otra vez el contestador —bromeó él.

—¿En qué puedo ayudarte?

Era el Día de San Valentín. En realidad, un día comercial, pero en el que, en todo caso, se celebraba el amor.

El día en que Emiliano debía haberse casado con otra mujer.

Oyó que David se aclaraba la garganta.

–Sé que ahora mismo no estás buscando trabajo, pero, no obstante, tengo algo para ti. El director general piensa que serías perfecta para el trabajo. Y es muy flexible. Podrías trabajar desde casa.

–Suena demasiado bien –admitió ella, frunciendo el ceño.

–La entrevista tiene que ser hoy porque el tipo se va de la ciudad.

–Está bien. ¿Adónde tengo que ir?

–Está justo a las afueras de la ciudad, pero te pueden mandar un coche. ¿Estarías lista en media hora?

–De acuerdo.

–Estupendo. Mucha suerte, Sienna.

Ella se despidió y colgó.

Se vistió con el único vestido decente que le servía, se recogió el pelo en un estiloso moño y estaba poniéndose el abrigo cuando sonó el timbre.

El coche la llevó hasta una preciosa casa georgiana de campo en Surrey, de la que Sienna se enamoró nada más llegar.

Subió las escaleras y llamó al timbre, y cuando la puerta se abrió casi no pudo reaccionar. No quería reaccionar.

–¿Es una broma, Emiliano? –inquirió por fin.

–No es una broma, querida. Entra, Sienna. Por favor.

El coche se acababa de marchar, así que no tuvo elección.

–Dame diez minutos –le pidió Emiliano–. Después, si quieres marcharte, llamaré al chófer.

La condujo a un despacho con las paredes cubiertas de estanterías llenas de libros. Se acercó al escritorio y tomó una hoja de papel.

—Pretendo darlo todo para mi próximo proyecto, así que te he imitado y he hecho una lista.

—Emiliano...

—Tú escúchame. Necesito una compañera que me ayude, que me perdone cuando cometa un error, que lo cometeré, porque no soy perfecto. Necesito una compañera cuya confianza espero poder ganarme y que algún día sepa que puede confiar siempre en mí. Necesito una reina que sea la madre de mis hijos, que los quiera a ellos y me quiera a mí, incondicionalmente, incluso si soy un desastre. Necesito a alguien que me quiera como yo la quiero a ella. Una compañera que me crea cuando le diga que siempre, siempre, será lo primero.

Tomó su mano y la miró a los ojos.

—Por favor, querida, te necesito.

—Emiliano...

—Te necesito. Te quiero. Piensas que me casé contigo por nuestro hijo, pero me casé contigo porque quería pasar el resto de mi vida contigo. Y, sí, es cierto que me volví loco cuando te vi en aquel restaurante con Hunter.

—Yo también me volví loca cuando te vi en la revista con Graciela —le confesó ella.

—Lo siento. Te aseguro que no volveré a hacerte daño jamás.

A Sienna se le encogió el corazón al oír aquello.

—Yo también te quiero —admitió—. Te lo iba a

decir aquella noche... la de mi cumpleaños. Iba a ser valiente y a abrirte mi corazón.

—Por favor, perdóname, mi amor. Te lo ruego.

—Dime que me quieres otra vez. Por favor. Eso me hará sentir mucho mejor.

—Te quiero. Te quiero por tu valentía, tu gran corazón. Me encanta tu cuerpo. Y tu alma –le dijo él, tocándole el vientre–. Me encanta que nuestro bebé esté sano y salvo dentro de ti. Me encanta...

Sienna se lanzó a sus brazos y los ojos se le llenaron de lágrimas de la alegría. Lo besó.

Después hicieron el amor y volvieron a decirse cuánto se querían.

—No me puedo creer que hayas utilizado a David –comentó Sienna varias horas después.

Su marido se encogió de hombros de manera arrogante. Ella pensó que había echado mucho de menos aquel gesto.

—Tenía que dejarle claro que estabas fuera de su alcance. Y él se ha ganado una buena comisión. Hemos salido ganando los dos.

Sienna se echó a reír.

—No entendía que hubiese podido enamorarme de ti dos veces en una vida –le susurró.

—¿Y?

—Creo que mi corazón sabía que eras el hombre de mi vida. Y que siempre te querrá.

# Epílogo

DE ACUERDO, ángel mío. Ha llegado nuestro gran momento. Intentaré estar a la altura si tú lo estás también. ¿Trato hecho?

Emiliano sonrió, entró en la habitación y vio a su hermano abrazando a su hija de ocho semanas. La diferencia de tamaño era ridícula, lo mismo que el cuidado con el que Matías abrazaba a Angelina, pero a Emiliano se le encogió el corazón en el pecho.

Estaba empezando a acostumbrarse a la sensación.

—Todavía no puede chocar los cinco contigo, hermano. Ni siquiera entiende lo que le dices.

—Por supuesto que sí. Soy su padrino, lo que significa que el nuestro es un vínculo especial. Me ha sonreído y me ha levantado el pulgar justo antes de que tú nos interrumpieses, pero no te lo voy a tener en cuenta porque sé todo lo que has hecho por mí.

—Tú habrías hecho lo mismo en mi lugar.

—Aquí estáis –dijo Sienna, entrando en la habitación–. Estaba empezando a pensar que os habíais subido los tres a un avión, camino de Tahití.

Dos pares de ojos oscuros la miraron. Uno con amor incondicional y el otro, con cariño y aceptación.

Matías se había recuperado completamente después de haber despertado del coma ocho meses antes y en cuanto le habían dado el alta se había mudado a la mansión de Córdoba con ellos. Emiliano había decidido que podía trabajar entre Argentina y Londres.

Una vez recuperado, Matías había retomado las riendas de la finca familiar mientras que Valentina y Benito emprendían una vuelta al mundo en el yate de Emiliano.

La relación de Emiliano con su padre había mejorado desde la noche en que Sienna había recuperado la memoria y ella tenía la esperanza de que Valentina se ablandase también.

En cualquier caso, Sienna se sentía feliz, con una familia a la que adoraba.

—Los invitados están esperando. Hay que bautizar a la niña.

Habían hecho amigos nuevos en Argentina y también habían ido hasta allí algunos viejos amigos de Londres.

—Que esperen un poco más —respondió Emiliano—. Es mujer y es su día, no pasa nada porque llegue un poco tarde.

Angelina respondió balbuceando y todos se echaron a reír. Matías miró a su sobrina con adoración y Sienna clavó la mirada en la de su marido.

—Te amo, mi corazón —le susurró él al oído—. Y te amaré siempre.

# *Bianca*

## Nadie conocía la cara oculta de aquel matrimonio...

# ESPOSA EN LA SOMBRA

## SARA CRAVEN

Las maquinaciones de la importante familia Manzini habían obligado a Elena Blake a casarse. El reacio novio, el conde Angelo Manzini, era el mujeriego con peor fama de Italia.

En sociedad, Angelo besaba por obligación a su flamante y tímida esposa. Pero, en su mansión, la condesa no estaba dispuesta a seguir los dictados de su marido. Ante el desafío de Elena, Angelo se sintió cautivado por el reto de poseerla.

*Deseo*

*La repentina aparición de las gemelas del príncipe
iba a convertir su matrimonio en algo diferente*

## BODA REAL

### CAT SCHIELD

La prioridad del príncipe Gabriel Alessandro era perpetuar la
línea de sucesión, y había encontrado a la esposa perfecta en
*lady* Olivia Darcy. A pesar de que el suyo no era un matrimonio
por amor, la deseaba. Concebir un bebé iba a ser todo un placer.
Pero, de repente, Gabriel se enteró de que ya era padre de…
¡gemelas!

Olivia sorprendió a Gabriel aceptando a aquellas niñas sin madre y haciéndole creer que su unión podía convertirse en algo
diferente. Sin embargo, el acuerdo con Olivia ocultaba un secreto
devastador. Aun a riesgo de perder la dinastía que tanto deseaba, ¿estaría dispuesto a anteponer el amor al deber?

# Bianca

**En el desierto, ambos sucumbieron
a la fuerza de su pasión...**

## SECUESTRADA POR EL JEQUE

### KATE HEWITT

El destierro y la vergüenza habían convertido al jeque Khalil al
Bakir en un hombre resuelto a reclamar la corona de Kadar a
su rival. Su campaña comenzó secuestrando a la futura esposa
de su enemigo. Puesto que ella era un medio para conseguir
sus fines, ¿por qué se enojaba al imaginársela en otra cama
que no fuera la suya?

Elena Karras, reina de Talía, iba preparada para una boda de
conveniencia. En su lugar, la llevaron al desierto, donde la reina
virgen pronto descubrió que sentía un deseo inesperado por su
secuestrador, tremendamente sexy, que la hacía anhelar más.